Prologo

"El Placer de la
Inmortalidad", una trama que
se funde dentro de
una realidad, la particularidad
de los "no-muertos". La
existencia
de la inexistencia invade estos
escenarios, captando almas
que
estén dispuestas a ser parte de
esta intriga.

Cada instante, al leer este
libro, se saborea los detalles
de la vida

de Alessandra, una joven
vampiresa de quien su delicia
puede ser
captada en cada línea de la
obra. El donaire de Lilith, y la
oscura
personalidad de los vampiros
que acompañan la trama,
seducen
dentro de un mundo negado,
pero siempre temido.

El vampirismo siempre ha
sido un tema de controversia;
su vida
puede causar envidia o temor.
La inmortalidad: don o
maldición,
depende quien la reciba.
Beber sangre, sensual acto que
aterroriza a almas débiles,
congelándolas y siendo presa
fácil
para estos seres de la noche.

Estos seres malditos, siempre
estarán vivos mientras sean
temidos, y mientras más sean
negados. Por ahora, sólo
dejémonos seducir de la
inmortalidad; mientras nos
internamos
en la profundidad de estas
oscuras "vidas", por así
llamarlas.
Porque ellos no están vivos,
pero tampoco muertos...

Desde las penumbras,
Jorge Castro Barros.

Confesión De Un Alma
(Silencio II)

Largos tus cabellos,
con los cuales juega el
viento.
Dulces labios, bañados
por agua
que provocan sed.

Mirada de fuego,
con la que quemas mis
sentidos;
los tomas con tu fuerza
y los haces tuyos.

Me dejas vulnerable ante
ti;
no tengo movilidad,
poco siento mis huesos…

Siento como cuchillos
que se incrustan en mi
cuerpo, tu respiración,
no puedo moverme... no
podré hacerlo más.

Muero poco a poco, en
silencio,
ese silencio que me
acompañará
hasta el final;
este final está cerca... muy
cerca.

Confieso en silencio... que
aun...
eres parte de mí...

Diciembre 2009
Eduardo Solá Ortega

Desde Mi Ataúd
(Silencio III)

Pequeñas gotas de sangre
que emanan mis ojos,
sintiendo que la muerte
vendrá hacia mí…

Te llevas todo mi amor y
toda mi pasión;
y el día de mi muerte,
tú serás la única a la que
deseo
ver desde mi ataúd…

Abril 2009
Eduardo Solá Ortega

Detrás De Tu Mirada
(Silencio IV)

No puedo imaginarme
qué hay detrás de tu
mirada,
no sé qué esconde y qué
oculta…

En silencio te observo;
te conviertes en dueña de
mis sueños,
de mis anhelos.

Seduces mis sentidos con
tu misticismo,
con tu enigmática
presencia…
¿Qué ocultas? No lo sé.
Cómo saberlo, si mi mente
se pierde

en el limbo de tu ser…

Diciembre 2009
Eduardo Solá Ortega

Mascara De Palidez
(Silencio V)

Quisiera vivir un día sin
aire,
salir de este mundo
mortal…
y perderme en el tiempo.

El tiempo corre deprisa,
no se detiene y jamás se
detendrá;
lo mismo sucede con mi
alma,
con mi cuerpo, con mi
sangre…

Cierro mis ojos y siento
que duermo,
veo tu rostro pálido pero
lleno de vida…

Un rostro que me cautiva,
me desconcentra y me
desconcierta.
¿Qué escondes tras esa
máscara de palidez?
Me gustaría saberlo y
poder entrar
en tu mente y perderme
en ella… Siempre.

Diciembre 2009
Eduardo Solá Ortega

¡Te Encontré Otra Vez!

Amnesia de aquellos
recuerdos;
momentos vividos que se
pierden en mi memoria,
dulce agonía que acecha
mi mente
tratando de recordar.

Te veo sentada bajo un
árbol,
aquel árbol coposo
en el que nos solíamos
encontrar;
tú me esperabas con una
gran sonrisa,
y me brindabas un
caluroso abrazo.

Corrías para abrazarme
y agasajarme con un
tierno beso,
en el cual nos fundíamos
y éramos un solo ser.

He esperado muchos años
(tal vez siglos)
para volverte a ver;
y hoy por fin terminó la
espera...
¡Te encontré otra vez!

Agosto 2010
Eduardo Solá Ortega

Un Nuevo Comienzo

Un nuevo comienzo...
Renacer en una nueva
vida,
bajo las alas de la
oscuridad...

Un nuevo comienzo…
Renacer en una nueva
vida,
bajo el manto de la
noche…

Un nuevo comienzo…
Renacer en una nueva
vida,
bajo el abrazo de la luna…

Un nuevo comienzo…
Renacer en una nueva
vida,
bajo las alas de la
muerte…

Agosto 2010
Eduardo Solá Ortega

Celadores De La Oscuridad

Seres de la noche,
celadores de la oscuridad,
amantes pasionales y
lujuriosos de lo incierto...

Así somos aquellos que
pensamos diferente.
Así somos los seres
nocturnos,
los verdaderos hijos de la
noche;
somos aquellos a quienes
la sociedad teme,
esa sociedad que vive
preguntándose:
¿Qué es lo pensamos?

Julio 2010
Eduardo Solá Ortega

El Reflejo De Mi Alma

Sentado al lado de un
cadáver,
quien había quedado sin
movimiento con su
mirada fija
en un oscuro páramo;
como si me mirara a los
ojos,
vi mi último amanecer...

Ese cadáver, era el reflejo
de mi alma;
mi alma que no cesaba de
agonizar…
por la nefasta vida que me
tocó vivir.

Una nueva vida comencé
aquella noche -hace 200
años-,
en que vi al mundo de
manera diferente...
Aquella noche en que el
mundo cambió para mí;
como si en un instante
todo lo que conocí,
jamás hubiese existido.

Agosto 2010
Eduardo Solá Ortega

El Alma Dormida

Confundido una vez más,
estaba sentado en un
rincón;
con el alma dormida,
antes de su eminente
destrucción...

Luz eterna de vida y de
muerte
que pronto quemará mi
alma desolada,
convirtiéndola en cenizas
que se esparcirán
infinitamente.

Agosto 2010
Eduardo Solá Ortega

Dedico este libro a mi familia.

A mi esposa, quien ha estado a mi lado todo este tiempo en que he estado trabajando en esta obra y por soportarme.

A mis hijos, por su amor incondicional.

A mi madre, por estar

conmigo siempre…

A mi hermana, por su cariño.

A mis sobrinos y sobrinos nietos.

A mis amigos, quienes me han apoyado

Y a todos los que me prestaron ayuda. A todos ellos dedico este libro con cariño y un muy grande agradecimiento.

Capítulo 1

El Comienzo

*U*na gran fiesta se llevaba a cabo en el palacio en honor a la princesa de Inglaterra; su nombre, Alessandra. Una joven hermosa, de cabello dorado como el sol y ojos tan azules como el cielo mismo, que contaba con apenas 22 años de edad; a quién el rey había nombrado su sucesora al trono. Ella sería la nueva reina de ese país y guiaría a su pueblo.

Sin imaginarse lo que le esperaba en el futuro, bailaba y se congraciaba con las personas de la sociedad inglesa que habían asistido a aquel baile. Una de las invitadas, era la señora de un gran *manior*, a la cual invitaron por ser una de las personas más conocidas de ese lugar; pero nadie en absoluto se imaginaba el gran secreto que escondía, Lilith, detrás de su bella sonrisa y sus místicos ojos.

Ya dentro del salón, Lilith paseaba por cada rincón del mismo en busca de sus nuevas presas. Jugaba con ellas, las seducía, las encantaba con sus exquisitos conocimientos, al punto de que los pobres mortales no la dejarían ir por nada.

Al otro lado se encontraba Alessandra, quien no podía quitarle la mirada de encima a la 'Gran Señora', como se conocía a Lilith. Con sus agudos sentidos, pudo darse cuenta de que la doncella homenajeada la observaba; así que decidió ir hasta donde se hallaba la heredera.

Conversaron de muchas cosas triviales y sin importancia, también un poco de política y economía;

cosas que, a una chica de esa edad no le interesaban tanto. Sin pensarlo más, Lilith la invitó a salir a caminar por los predios del castillo. Y, en menos de lo que Alessandra alzó su copa para beber un poco de vino, la vampiresa asestó un mordisco al delicado cuello de la muchacha, que de inmediato perdió las fuerzas y cayó al pasto.

Lilith la tomó en sus brazos y la llevó hacia la carroza que los esperaba afuera. Ascendiendo en su carruaje llevado por feroces y veloces bestias, Lilith se encamina al encuentro de desconocidos; de seres que pronuncian su nombre en la oscuridad de la noche prometiendo, a la 'Señora de las Sombras', el dulce néctar que vierte el delicado cuello de un humano, cuyos ojos se cierran en el aturdido susurro de su propia muerte que lo amenaza implacable…

Avanzando por las escalinatas que conducían a sus aposentos, todo le era indiferente hasta su joven doncella, que iba detrás de ella entre los brazos de los esclavos; a quien condujo a una habitación donde la luz era muy tenue y sus leves destellos resplandecían su rostro y cuya belleza haría desfallecer de inmenso placer a cuantos la contemplaran. Tanto, que estremecía y podría someter a su voluntad si así lo quisiera.

Pasados los siguientes momentos en las que se alimentó del delicado cuello de la doncella, la idea de convertirla en uno de los suyos se puso presente en ese instante, en el que le tomo menos de cinco segundos. Una nueva 'Dama de la Noche' había nacido.

Sin poder creerlo, a la mañana siguiente se acercó a la ventana pensando que era un sueño; vio que la luz del sol la lastimaba, no aceptaba lo que le había pasado. Se vio en una habitación extraña sin saber qué hacer. Su mente aturdida no sabía qué pensar; grito para salir, pero nadie la escuchaba.

La luz me lastima a toda hora, -ella pensaba-; mientras todo el día permanecía en un rincón oscuro para poder alejarse de la luz, no sabía por qué. Sólo sabía que no tenía hambre, que la luz del sol era mala para ella, que tenía sed a todas horas y no la saciaba. Le faltaba algo que no comprendía qué era.

Entrada la noche, dos mozas ingresaron a sus aposentos para vestirla. Ella quería preguntarles

¿Qué pasaba? ¿Por qué estaba allí? ¿Qué le sucedía? Pero solo respondieron -ya lo sabrás, solo baja para que te presentes ante la señora de esta casa adecuadamente y le muestres tus agradecimientos.

«La chica bajó detrás de las doncellas preguntándose por qué tenía que presentar agradecimientos, -¿Quién era la señora de la casa? -La pregunta más importante era esa-, pero nadie le respondía. Tenía que ir a la cena para aclarar las dudas que se presentaron en su mente aturdida.

Pronto llegó al comedor; era grande, con una mesa de dos metros de largo con sólo dos sillas. Pensó: "¿Por qué sólo hay dos sillas?". Lo único que debió hacer es esperar a que alguien llegase muy rápido.

De pronto, llegó una mujer muy hermosa; vestía ropas muy elegantes (un vestido de terciopelo que cubría sus hermosas y largas piernas), se sentó y dijo: -¿Cómo te sientes?

-Cómo se supone que he de sentirme. -La doncella, respondió-. La luz lastima mis ojos…

-Bueno, sólo al comienzo te sentirás así, después te acostumbraras. – Exclamó la misteriosa dama-.

-¿Acostumbrarme a qué? –Inquirió súbitamente la doncella, al ver la súbita tranquilidad de Lilith-.

-Pensé que lo sabrías… Ser un vampiro, una dueña de la noche, una dama de la oscuridad, como prefieras el término.

-Es broma, ¿verdad? –Preguntó ingenuamente Alessandra-.

-¿Por qué te voy a mentir?, -expuso Lilith, con un tono burlón-, viste lo que te pasó. Créeme y acostúmbrate, no es nada malo… Tienes todo: inmortalidad, belleza y juventud eterna. ¿Qué más se puede pedir…? Si te sabes comportar, conseguirías todo lo que quisieras. Las gracias ya me las darás después. –Expresó la vampiresa, ante la reacción de Alessandra-.

«Luego de varias horas de meditar y de recorrer, mirando con atención cada detalle (cuadros de Rembrandt, los distintos y hermosos candelabros, bañados por el tenue y delicado albor de las velas; los hermosos muebles, la gran alfombra persa), de la inmensa sala de la casa.

Se encerró en su cuarto, pero no sabía qué hacer, se sentía mareada; lo único que deseaba, era despertar de ese "sueño gris" y sentía que le faltaba 'algo' para saciar su sed. Intentaba imaginar qué hacer para salir de ese suplicio. ¿Matarse? ¡Claro que no! Pues ya hubo escuchado rumores de seres que sólo se aparecían en la tenebrosidad de las sombras nocturnas.

Lilith se encontraba sumida en la lectura de una de las historias escritas por las manos de los sacerdotes de los Faraones del antiguo Egipto. Y, mientras tanto, Alessandra desesperada dentro de su habitación, tomó la súbita decisión de escapar y saltó por la ventana; las habilidades físicas concedidas, la hacían sentirse como un monstruo que no debía existir, no sabía qué hacer ya que estaba afuera, pero sabía que seguiría teniendo tal maldición.

En la parte exterior, sin orientación, sin saber a dónde ir, logró llegar a un pequeño poblado; cerca del castillo había un singular conglomerado de pueblos que se conectaban entre sí. Alessandra llegó a uno de ellos y se mezcló entre la gente; la cual, al no saber qué decirles -por miedo a los extraños- no dirigía la palabra.

Se sentía excluida y rechazada. Cada vez que se acercaba a alguien sentía una extraña sensación, como si unos tambores tocaran una melodía que la hipnotizaba y su cuerpo dejaba de responderle a la conciencia y se dejó absorber por el éxtasis de conseguir el alimento y saciar su sed que, por tantas horas, estaba queriendo apaciguar.

Pasó por varios de los poblados experimentando estas nuevas sensaciones, hasta que se sintió en total éxtasis. Cerca del alba fue encontrada muy cerca del castillo por los lacayos enviados por Lilith.

Regresada al castillo, entendió que no podía regresar a la comunidad humana sin saber controlar su sed. Así, luego de despertar en un ataúd (en las habitaciones reservadas para ella), dentro de la formidable fortaleza. Hasta ese momento, estaba aturdida, confundida. Tal pesadumbre, sentía ella por la conmoción de haber saciado su sed; y otra, porque pensó que salió de la realidad y se adentró de nueva cuenta en la pesadilla.

-No puede ser, la pesadilla no debe continuar de esta manera-. Meditaba la silenciosa mujer que sólo pronunciaba palabras cuando era necesario.

Alessandra ya sabía qué hacer, no era imperioso decir palabra alguna. De inmediato, ella se dirigió hacia la gran sala para encontrarse con el umbral de su pesadilla; aquella mujer fría y calculadora, de figura sugestiva y origen desconocido. Esa mujer que tendría respuestas y/o, tal vez, plantearía más dudas. Pero en aquel lugar se encontraba, fuera lo que fuera que pasase, ella estaría dispuesta a tener sus convicciones y planteárselas cuando sea posible y ahí mismo.

Luego de una explicación breve de lo sucedido la noche anterior, se puso en shock. La pequeña expresión de satisfacción que brotaba de la mirada de Lilith era irritante para Alessandra. Tan solo pudo inclinar la cabeza para mirar al piso con una carga de vergüenza, que no podía superar en ese momento.

Después de un instante de silencio al que se sometió, -debido a la latente tensión-, había llegado a su fin con una palabra de la boca de Lilith...

-No sufres sola. No eres la primera que se siente así por una noche de placer. Las cosas se dan, nada está predeterminado para nadie; utiliza esto como experiencia para sobrevivir afuera cuando te vayas.

-¿Cuándo me vaya? –Inquirió pasmada, Alessandra.

-Sí, no creas que te vas a quedar aquí toda tu vida inmortal.

-Es decir que… ¿Puedo irme?

-La vida de un vampiro se trata de sobrevivir y encontrar la manera de pasar la eternidad.

«De pocas palabras, de expresiones frías y de perturbadora presencia;

Lilith salió a despedirla desde el balcón de su castillo, sin una palabra. Sólo observaba cómo se alejaba el carruaje, pero ella supo lo que significaba.

Dando un rápido recuento a sus recientes recuerdos, Alessandra no sabía qué sentir sino más que un delicado sentimiento de agradecimiento, el mismo que estaría presente en su mente por la larga senda que ha de recorrer; hasta que su destino termine cruzándose con seres con quienes, ni ella misma, se imaginaría conocer y compartir la vida eterna que se le ha concedido; ya sea, para lo que la sociedad llama bien o lo que llama mal.

No se puede confiar en un ser vivo sea cual éste sea, pues los sentimientos de este ser se han de interponer a la acción que realice. Tampoco esta predeterminada; debido a que; el libre albedrío estará presente para manipularlo a su conveniencia, y no está previsto el fin de cualquier ser que habite este planeta.

Capítulo 2

El Viaje Hacia Lo Desconocido

*M*ientras, Alessandra se dirigía hacia un nuevo mundo; volvieron a su mente, recuerdos de su niñez que marcaron su vida. Vino a ella una nostalgia jamás imaginada, que hizo rodar por su mejilla una efímera lágrima.

Llegó a Londres cerca de las once de la noche y alquiló una habitación, le impresionó mucho su decoración. Aquella morada contenía gran variedad de pinturas que había visto en el castillo de Lilith; además de candelabros que le fascinaban, cortinas de terciopelo que llegaban al piso.

Salió de su habitación y caminó por distintas calles y le llamó mucho la atención un teatro que se encontraba en una de las mismas. Entró; en ese instante se presentaba una obra, la cual le agrado muchísimo, y le sorprendió de sobremanera cómo los artistas se elevaban a grandes alturas y realizaban acrobacias imposibles para un humano.

Una vez terminada la obra, se dirigió hacia los camerinos y vio a un tipo alto, de cabello largo y negro; de mirada penetrante y seductora, a quién se le acercó y le preguntó:

-¿Cómo es posible que esos seres hicieran tales movimientos? - Enseguida aquel hombre se dio cuenta de que esa mujer no era un ser común y corriente. Pudo leer su mente y visualizó todo lo que había acaecido en el palacio-.

-Tú misma debes saberlo, tienes nuestra misma fuerza, –respondió.

-¿Cómo puedes saber eso? Si ni siquiera te lo he dicho. Explícame, por favor; hay muchas cosas que aun no comprendo y necesito aclararlas, –dijo Alessandra.

-Mira muchacha, te lo voy a decir. No sin antes presentarme. Mi nombre es Hacmoni; fui sacerdote de Ramsés II en el Antiguo Egipto, hasta que lo traicioné y me desterraron. Después de vagar durante muchísimos días y casi al borde de la muerte, estando cerca de Keops, un ser muy extraño me llevó a su palacio; jamás supe su nombre. Aquel ser tenía el rostro muy blanco, sus manos eran frías como la muerte. Sus ojos eran de color azul... Jamás olvidaría aquella mirada que tanto temor me producía.

Recuerdo que desperté a la noche siguiente y lo vi parado cerca de la entrada a la habitación donde me encontraba; se acercó a mí, y me dijo que no le quedaba mucho tiempo de vida y que siempre me había admirado por mi audacia al realizar mis actos. Y, en ese preciso momento, me sorprendió aún más... Dijo que todas sus posesiones terrenales pasarían a ser mías desde aquel día. Me tomó con una fuerza extraordinaria, de la cual no podía librarme y acto seguido, hundió sus colmillos en mi cuello y me desangró casi por completo. Se acercó a mi oído y dijo: -De hoy en adelante, vivirás para siempre entre las sombras. Te brindaré el elixir inmortal que te hará invencible ante los demás. Cortó sus venas y me dio a beber aquel líquido, mi corazón latía con ritmo indómito; luego, ella cayó a un lado y al primer instante sentí como si me golpearan con un gran martillo la cabeza. Mi corazón dejó de latir en unos segundos... Después desperté y vi el mundo de diferente manera; no era el mismo, no como lo conocía.

Me ayudó a ponerme de pie y sin más, me pidió que la acompañara afuera; en uno de los inmensos patios existentes, había una enorme pira que se alzaba majestuosamente hacia el cielo. En un determinado momento dio vuelta y me miró, y sin decir nada se lanzó al fuego y cada parte de su cuerpo se convirtió en cenizas.

>>Alessandra no daba crédito a todo cuanto había escuchado, solamente alcanzó a pronunciar, vagamente: - Continúa, por favor-.

Él prosiguió con el relato y le explico todo lo que había sucedido en aquel entonces y cada palabra que salía de la boca de Hacmoni, la sorprendía cada vez más.

-Después de verla consumirse por las llamas, recorrí el palacio y cada uno de sus rincones. Existía exquisitas obras; las cuales, denotaban el gusto que tenía aquel ser. Mandé ordenar a los esclavos que prepararan un camello para mí y todo lo que llevaría conmigo y de esta manera abandoné ese lugar.

Luego de varios siglos de deambular por cantidad de lugares

inimaginables y de beber y saciar esa terrible sed, llegué aquí en 1781 y compré este lugar, el cual contenía grandes y maravillosos secretos del mundo y fue aquí, donde encontré varios escritos con relatos de gente del lugar. Relatos acerca de seres extraordinarios que sólo se los veía por las noches. Esto me sobre exaltó demasiado y seguí leyendo y buscando más información acerca de estos entes.

Me llevé una gran sorpresa al encontrar que en algunos de estos escritos se repetían los nombres de algunos vampiros que – lo descubrí poco después – se los conoce con el nombre de antiguos. Los mismos que llevan en este mundo tres mil años; me llamó mucho la atención el nombre de uno de ellos, un griego: Arístides; era hombre de 45 años (antes de su muerte), que se interesaba por la escultura y la literatura de su época.

Esto sorprendió a Alessandra, quién se extasiaba con cada palabra de Hacmoni.

«De las muchas veces que pudo visitar el teatro, se llevaba cada vez más sorpresas; puesto que, cada historia contada por el seductor vampiro, era como una fuente de conocimiento para Alessandra.

Cada palabra era una ventana para la desconcertada recién nacida de las sombras.

Terminado el tiempo de Alessandra en Londres, concluyeron también los largos relatos de la persona, a quien ella consideraría su más grande guía en este mundo lleno de vampiros. Pues tal vez su tiempo ya no correría más, pero el de los mortales y el mundo en que tenían que habitar no se detuvo; puesto que, "en el viaje continuo, las vidas siguen por el río del destino". –Le había explicado aquel vampiro-. Cada historia tiene un porqué, una razón, una propia vida. La de Alessandra no era una excepción.

Cada hora que pasaba en la carroza, era como una vida que pasaba frente a sus ojos, la cual tomaba.

Ella pensaba que cada noche, en la que no hiciera nada, era como una fiesta sin razón; que le recordaba, todas las veces en las cuales no podía salir de las fiestas que su familia realizaba. Debido a cada pretendiente que llegaba a su casa.

En noches como esa, no podía casi mantener la compostura y le gustaba llegar a poblados pobres para seducir hombres, a quienes utilizaba para satisfacción propia. Pero no era suficiente, había conocido a un vampiro que le llamó la atención. Los mortales sólo han de hartar sus juegos. Una noche sombría, como la de un pantano, caminó al mar donde tomaría pronto un barco al continente que la llevaría a una de las tierras más interesantes.

Capítulo 3

La Llegada De Una Reina

Corría el año de 1789; después de tomar un barco que se dirigía a Francia, había decidido dormir todo el viaje encerrada siempre en su habitación, dentro de su ataúd y siempre con la orden que nadie la perturbara.

A la siguiente caída del sol, despertó. Después de recordar lo que había soñado… Una conversación con su madre, a quién adoraba y, siempre, le hablaba de lo que le sucedía.

-Alessandra, recuerda siempre estas palabras –espetaba Elizabeth, su madre y prosiguió-, no importa lo que hagas en tu vida. Jamás mires hacia atrás para ver tus errores. Lo que hayas hecho, hecho estará.

«Al volver estas palabras a su mente, Alessandra abrió la tapa de su féretro; abrió su guardarropa y escogió un vestido azul largo, se lo puso y salió a deambular por el barco, observando a cada uno de los pasajeros que viajaban en él.

A la tercera noche de viaje, llegaron a París; la ciudad más hermosa que jamás pudo imaginar. Después de bajar de aquel barco que la transportó a aquel lugar, un carruaje la llevó al hotel *Saint-Gabriel*; en el cual alquiló una habitación y ordenó que llevaran sus cosas a ella. Una vez instalada, preguntó a uno de los sirvientes si había un teatro al cual pudiese asistir, el sirviente le explicó que existía uno a unas cuadras de aquel hotel y que siempre estaba lleno.

Salió y caminó y, mientras lo hacía, vinieron a su cabeza las palabras que le había dicho Hacmoni. Sin darse cuenta había llegado al teatro, se llamaba *Palais Garnier,* que se encontraba ubicado en la parte norte de la Plaza de la Opera (*Place de l'Opéra*), lugar al que asistían las más importantes familias de la época e incluso las mismísimas autoridades.

Un personaje alto, delgado, de cabellera larga, con unos ojos que eran muy enigmáticos y muy misterioso, se le acercó; quien durante años había escrito varios manuscritos, contando en cada uno de ellos los momentos vividos desde que se transformará en un vampiro.

-Hola Alessandra, te vi entrar al teatro, observé tu fascinación por lo que hacemos aquí. -Dijo el vampiro.

-Hola, -exclamó Alessandra, sobrecogida al escuchar que el vampiro conocía su nombre-.

- No temas, no te haré daño. Sólo deseo hablar contigo. –Pronunció él, al ver la cara de sorpresa que tenía la muchacha y prosiguió-. Yo sé lo que eres, eres una de nosotros.

-¿Una de ustedes? –Preguntó Alessandra, con cierto tono de duda en su voz-.

-Sí, una de nosotros, una vampiresa, -pronunció con una sonrisa-. Sé que conociste a Lilith hace unos meses.

-¿Cómo sabes eso? –Profirió Alessandra- ¿Cómo sabes que conozco a Lilith, si no te he dicho nada sobre ella?

-No es difícil, los vampiros nos fortalecemos con la edad, adquirimos poderes que los mortales anhelarían tener. Leer la mente de los demás es uno de esos poderes. Mira, te lo explicaré para que lo entiendas; pero antes permíteme presentarte a Karla, mi madre.

¿Tu madre? –Pronunció la chica, sobresaltada–. Si, mi madre, - declaró él-, pero ya te explicaré a su tiempo.

«Sentados en uno de los lugares más altos y con mejor vista del teatro, junto a Karla; Edward (así se llamaba el vampiro), contó a Alessandra que él había sido llevado una noche por un ser extraño hacia un lugar muy alejado. Este ser era muy pálido – como si de un muerto se tratara-, y le pidió que no tuviese miedo, a la vez que se acercó a Edward.

«-Recuerdo, –continuó el vampiro luego de meditar unos momentos-, que era una noche de luna llena, la ciudad estaba cubierta por su manto y su belleza. Yo estaba sentado frente a mi escritorio, bajo la luz tenue de las velas que iluminaban la habitación, escribiendo unos poemas para mi amada; cuando, de pronto, escuché ruidos en lo alto de mi mansión y fui a explorar. No encontré nada, así que volví a lo que me interesaba y, al dirigir la mirada (por algo que sentí) hacia uno de los grandes ventanales, vi a un hombre alto… No supe qué hacer en ese momento, me quedé estupefacto.

Apenas podía ver su rostro. Sus ojos eran grises, su cabello muy blanco (pude darme cuenta de ello debido a que la luz de las velas lo iluminaban) y vestía de terciopelo rojo y seda. Se dirigió a mí y, en un instante, estaba al otro lado del escritorio observándome.

Lo que hice fue gritar desesperadamente, diciéndole: -¡Aléjate de mí, maldito! O llamaré a los esclavos para que te maten. El hombre soltó una carcajada estruendosa, que parecía que me explotarían los oídos.

-Tranquilo, -dijo de repente, con su voz grave-. No te haré ningún mal;

lo único que quiero es que me acompañes, deseo mostrarte algo.

-¿Mostrarme algo? –Dije al vampiro-. Lo siento, no puedo hacerlo; además, ¿Quién eres y qué haces en mi casa?

-Mi nombre es Raven, pero ahora eso no es trascendental, lo realmente importante es que me acompañes afuera.

«Y, en un momento, mordió mi cuello; sentí cómo sus colmillos penetraban suavemente y sin esfuerzo alguno mi piel. Mi corazón latía tan furiosamente que el palpitar de éste retumbaba en mis oídos como si fuesen tambores.

Por unos instantes perdí el conocimiento, o eso parecía; pero, al abrir los ojos me encontraba afuera, sobre el tejado de uno de las mansiones. Y junto a mí, estaba Raven mirándome. Su voz se escuchó como un susurro, en el que me dijo que no tendría que sufrir más por enfermedades, dolores o pestes; me explicó que sería joven por siempre y que obtendría todo lo que quisiera, sólo si aceptaba acompañarlo en la eternidad.

Acepté sin pensar en qué sucedería más adelante y me transformó en lo que soy ahora. Fue como beber el vino más delicioso en uno de los banquetes brindados por el dios Baco. Me reveló que los vampiros no podemos exponernos a la luz del sol, porque arderíamos en llamas; la sangre es nuestro alimento (sea animal como humana). Aprendí mucho de él en tres años; recorrimos muchos poblados, dejando atrás un desierto de pánico entre sus habitantes saciando nuestra sed. Pero no he vuelto a ver a Raven después de que lo dejara y me marchara a buscar a Lilian (mi amada), pero jamás la encontré.

«Mientras tanto, Karla los observaba con tal atención, que

parecía una estatua. Se escuchaba música al fondo, era parte de la obra que se exhibía en ese instante. Karla recordó que no lo había visto hacía algún tiempo y por esa razón logró llegar a aquel lugar, habiendo recibido referencias de cómo encontrarlo. Y, se atrevió a preguntarle…

-¿Qué hiciste? O, mejor dicho, ¿Cómo supiste dónde encontrarme, al enterarte de que estaba muriendo? Yo tenía entendido que habías muerto.

-En algún momento de mi vida, empecé a recordar las situaciones que acaecieron en los primeros años en los que partí de tu lado para dedicarme a escribir. Como tú misma lo dijiste: "Los escritores son incomprendidos". Y te doy la razón, lo somos. Vivimos en un mundo -en nuestro mundo-; en el cual, sólo ciertas personas nos comprenden o llegan a entender el trasfondo de lo que impregnamos en un papel. ¿Lo recuerdas? Escribo desde que tenía catorce años y los escritores vivimos, en cierta manera, en la locura.

«Karla lo miraba con atención, al tiempo que bebía sangre (de una rata que corría entre sus pies en ese momento), y exclamó: -¿Qué clase de locura?

-Una locura excepcional y maravillosa que muy pocas "almas" llegan a experimentar y gozar, realmente. –expresó él-. Alessandra, al escuchar aquellas palabras, recordaba a Hacmoni…

-Permíteme que continúe, por favor. –Exclamó Edward-. Después de haberme alejado de Raven, fui en busca de Karla; debido a que, una noche me entregaron un aviso de que ella estaba enferma de muerte. Llegué a la antigua mansión y entré en la habitación donde mi madre yacía moribunda y casi sin aliento. Al verme junto a ella, su rostro se enterneció y lloró desconsoladamente pidiéndome que no la volviera a dejar jamás. La tranquilicé, diciéndole que no la dejaría y que encontré la cura para su enfermedad; pedí a los sirvientes que se retiraran y, una vez hecho esto, proseguí a volver junto su cama.

Le pedí que cerrara los ojos… -Lo interrumpió Karla-. –Sí, lo recuerdo muy bien; me pediste que cerrara mis ojos, y así lo hice… En ese momento no sabía qué ibas a hacer.

–Lo sé, -dije-, y debí imaginarlo.

«Me acerqué a ella e introduje suavemente mis colmillos en su cuello, luego me corté las venas y te di de beber de mi sangre; todavía siento su corazón palpitar lentamente -hasta casi desfallecer- y luego tomé de su boca el líquido que le dio esta nueva vida.

«Karla asintió con su cabeza y se dirigió a Edward, solicitándole que continúe…

-Pues bien, -dijo él, expulsando un suspiro-. A la noche siguiente, fuimos hasta el muelle y tomamos el primer barco que zarpaba hacia acá; luego de haber conseguido habitaciones (no sin antes pedir mucha discreción al encargado), salimos del hotel. Caminamos varias calles, hasta que encontramos este lugar. Lo compramos y, desde 1785, brindamos a nuestras víctimas un espectáculo antes de su muerte.

Alessandra, sintió cierto alivio al conocerlos, pero no estaba satisfecha con aquella historia; vagó por las calles de París, alimentándose de los que cruzaron su camino. Intentando conseguir las respuestas acerca del origen de 'sus prójimos' sin tener éxito.

En 1788, partió de París a Luxemburgo, país con el que había soñado en varias ocasiones; cuando arribó a aquel territorio, sus ojos grises bailoteaban de lado a lado, - como si se tratara de un vals acompañado con música de Beethoven-, al admirar la fantástica arquitectura. Adquirió una casa cerca de la *Guillaume Place* de Luxemburgo, sin imaginarse que encontraría las respuestas que tanto anhelaba.

Después de pasados varios meses, desde su llegada; sentada frente a una fuente de agua, vio que alguien se movía entre las sombras. Poco a poco, su visión se fue aclarando y, mientras lo miraba más claramente, se puso de pie y caminó hacia él.

-Por la descripción que me dieron, tú debes ser Raven. –Exclamó Alessandra.

-Correcto, niña. –dijo él, con una sonrisa en sus labios-, veo que te han informado acerca de mí.

-Así es, Edward me habló de ti.

-Entiendo… Mi viejo discípulo y amigo Edward. -pronunció él, con cierta nostalgia- Y, dime, ¿Qué te trajo hasta aquí?

-Busco respuestas, -espetó ella-, muchas respuestas a lo que soy, quiero decir… a lo que somos.

-¿Qué tipo de respuestas deseas? -
Pronunció él-.

-¿Qué somos? -Preguntó ella,
ansiosamente-.

-Nada, sino inmortales. -Respondió
el-. Vagando eternamente en un
mundo mortal.

-¿Cuál es el origen de nuestra...
'especie'? -Exclamó ella-.

-Te refieres a quién nos procreó,
¿Verdad? -Explicó él-.

-Sí, -dijo ella, con sumo grado de
ansiedad-, así es.

-Está bien, -prorrumpió él-,
intentaré darte las respuestas que
tanto ansías. Ven acompáñame.

«Un carruaje los esperaba, el mismo que los llevó por varias calles hasta una mansión muy lujosa; Raven abrió la inmensa puerta de madera e instó a Alessandra a pasar. A ella siempre le habían encantado los muebles tapizados con terciopelo, y sus ojos brillaban como dos pequeñas luces al observar cada detalle de la sala.

La invitó sentarse y dijo: -Espera un momento, por favor-. Ella consintió con su cabeza, a la vez que recorría cada rincón sin perder de vista cada detalle del salón.

Al regresar Raven, tomó asiento al igual que la muchacha…

-Bien, -dijo él-, ahora te explicaré todo lo que deseas saber. Alessandra sonrió y puso atención a lo que le exponía.

-Todo comenzó en los primeros tiempos de la humanidad. Lilith era la primera esposa de Adán, según cuenta ese viejo libro al que llaman 'Biblia', dice que: «Y de la costilla que Dios tomó del hombre, hizo una mujer, y la trajo al hombre. Dijo entonces a Adán: **Esto es ahora hueso de mis huesos y carne de mi carne**;

ésta será llamada Varona, porque del varón fue tomada», relata **el libro del Génesis** sobre la creación bíblica de la primera mujer en la faz de la tierra, Eva. No en vano, una extendida interpretación rabínica considera que la referencia, en un versículo anterior, a que 'Dios varón y hembra los creó', significa que hubo otra mujer antes, la cual terminó abandonando **el Paraíso.** Según esta tradición judía, **Lilith es esa mujer que precedió a Eva,** y que, una vez lejos de Adán, se convirtió en un demonio que rapta se alimenta de sangre de sus víctimas por la noche y es la mismísima encarnación de la belleza maligna, así como la madre de todos nosotros. A quién su padre, 'Dios', la había castigado después de dar placer carnal a varios hombres y mujeres; y como eso era prohibido, él la expulsó del 'Paraíso'. Al no convencerse de esta idea, ella se sumergió en una inmensa oscuridad. Después de lo sucedido, un espíritu la acechaba; y, esto lo hizo durante varias noches. El espíritu la lastimaba, haciéndole pequeños cortes en su piel. Hasta llegar al punto de que casi la mató.

«La noche posterior a lo acaecido, despertó. Pero sentía que ya no era la misma. El espíritu que la atormentó durante meses, la obligó a asesinar a varios humanos y gente inocente. Siendo condenada a caminar durante la sombría noche eternamente y a alimentarse únicamente de sangre.

Después de deambular por varios años en Egipto, encontró a una doncella –hija de un Faraón-, llamada Nínive; a la cual raptó y la encerró en una pirámide. Pasaron años antes de que Lilith apareciera frente a la princesa y la convirtiera en una vampiresa.

Luego de pasados cinco siglos, y habiéndole enseñado y narrado todo lo que le sucedió, Lilith, una noche la abandonó. Nínive viajó por el Nilo, (acompañada por sus esclavos), hasta un sitio desconocido donde se encontró con Ghazi, un hombre de avanzada edad con quién ella compartió 'el don de la fuerza', la inmortalidad.

«Alessandra lo observaba con atención y de repente declaró: -Ya había escuchado hablar de ese hombre, pero no sabía su nombre; Hacmoni me contó que Ghazi lo había llevado y lo convirtió en un vampiro.

-Ah, ya veo… el viejo Hacmoni te contó sobre Ghazi. -Espetó Raven-.

-No sobre él, -declaró ella-. sino sobre cómo lo había transformado.

-Comprendo, -soltó, el vampiro.

-Está bien, voy a continuar, –manifestó, Raven-, pasaron dos mil años, en los que Lilith bebió sangre, acabando con pueblos, hasta que perdió la voluntad de beberla.

Viajó hasta Inglaterra en 1189, en donde obtuvo un castillo, y, en lo más profundo de ese lugar (en los calabozos), se internó para dormir 'el sueño eterno' (vivir eternamente

convertida en una bella estatua).
Después de ganar las guerras
santas libradas en aquella época,
los soldados bajo mi mando y yo,
tomamos el castillo en nuestro
poder; había escuchado las
historias de los habitantes de ese
fuerte, acerca de la llegada de una
mujer misteriosa y de que un buen
día desapareció sin dejar rastro.

Recuerdo que liberamos a los
herejes... y mientras recorría los
pasillos abriendo las celdas,
encontré una que estaba cubierta;
me sobresaltó y ordené a mi hueste
derrumbar el muro. Al terminar...
Me encontré con algo que parecía
ser la estatua de una mujer, se

hallaba sentada en el trono del antiguo rey. Mandé que todos se retiraran del lugar; la belleza de esa mujer era sublime. Me quedé sentado por varias horas admirándola. Pero eso no es todo. Bajaba todas las noches a la celda en la que ella se encontraba, y la observa; una de aquellas noches, observé atónito que, en un momento dado, alzó su mano izquierda y con su dedo hizo una seña como si quisiera que estuviese cerca de ella.

Salí de aquel lugar, corriendo despavorido y no pude dormir. Cuando volví a descender a la noche siguiente, me encontré con que ya no estaba sentada; estaba de pie a un costado de la mazmorra y así pasaron los siguientes meses. Al instante que llegaba allí, la estatua estaba en distintas posiciones.

Una noche, abrí la cámara y vi como sus ojos me observaban fijamente, (eso fue realmente escalofriante). Se levantó del estrado y, sin que sus pies tocaran el suelo, estuvo junto a mí en menos de lo que imaginé. Traté de gritar, pero me fue imposible, porque antes de que lo intentase, su mano blanca y helada –como el mármol–, me cubrió completamente la boca.

Pocos segundos después me lanzó contra la pared; rompiéndose, ésta, en mil pedazos. Cuando recobré la conciencia, - o lo poco que me quedaba de ella -, se alimentaba con mi sangre, diciéndome que sería desde ese momento su consorte.

«Alessandra lo interrumpió, inquiriendo: -¿Crees en Dios o en el demonio ahora?-. Raven se levantó del sillón en el que estaba sentado, riendo para sus adentros y contestó: -No, ya no creo, esas son patrañas; el invento de un vulgar demente hebreo para la dominación y sodomización de la gente ingenua. Jamás he visto o conocido secreto que condenara o salvara mi espíritu. Según aprendí, después de cinco siglos, soy uno de los vampiros más viejos que existen en el mundo. Si me lo permites, seguiré contándote lo que sucedió después. –Dijo, el vampiro-.

-Si, lo siento, continúa por favor, -declaró Alessandra con su voz débil, como si fuera un quejido que la afligía-.

«El vampiro sonrió y caminó alrededor de la morada y fijó su mirada en un cuadro y prosiguió…

-Mis fuerzas eran cada vez menos, sentía que recorría menor cantidad de sangre por mis venas y, en un momento dado, Lilith llevó su brazo hasta mi boca y me dijo: -Bebe, esto hará que recobres tus fuerzas-. Así que hice lo que me ordenó y al segundo consiguiente, mi corazón dejaba de latir.

Cuando abrí los ojos, el universo era totalmente distinto. Todo lo que se hallaba en un cuadro parecía moverse, mas no lo hizo; el mundo cambió, pero era el mismo.

Fui su consorte, su 'amor' por trescientos años; llegaron nuevos tiempos, muchas personas migraron desde otras partes y se establecieron en Inglaterra. Adquirieron propiedades y crearon sus negocios; las ciudades crecieron mucho y nosotros seguíamos siendo jóvenes y hermosos.

Como ya sabrás, una noche Lilith desapareció sin dejar rastro alguno, dejándome con la lección más oscura que pude aprender… A final de cuentas, estamos condenados a vivir solos, eternamente, deambulando entre las sombras.

«Al fin, Alessandra había encontrado un poco de paz, Raven había sido la fuente de conocimientos que Lilith jamás fue. Una vez terminada la conversación, ella se disponía a retirarse a su mansión, pero el vampiro le solicitó que se quedara; debido a que, en unas horas amanecería. Ordenó a uno de los sirvientes que preparara una habitación y del resto se encargaría él.

Una vez dentro de los aposentos, Alessandra vio algo que la estremeció de sobremanera… era su féretro. Raven había estado en el umbral de la puerta mirándola, cuando se dirigió hacia donde se hallaba ella y le dijo que desde ese momento se hospedaría en su residencia.

La muchacha, al encontrarse ya dentro de su sarcófago, soñaba con el día en que Lilith la subió al carruaje y la secuestró. Al despertar a la siguiente caída del sol, buscó a Raven y le preguntó si había algo más que debía saber.

-Raven, me parece que ocultas algo más. –Indagó ella, con sus ojos ensombrecidos.

-Ten calma, querida. -Respondió él-
. Todo a su debido tiempo.

-¿A su debido tiempo? -Preguntó
ella, con desazón-. ¿Por qué?

-Exacto, inquirió el vampiro-,
porque es mucha información la
que te acabo de dar; debes asimilar
todo aquello para continuar, o
enloquecerás. ¿Sabes cuántos
vampiros tienen la perseverancia
de sobrevivir? Pocos preciosa, muy
pocos.

-Entonces, ¿Cuándo me lo dirás?

-Eres impaciente, niña. -Respondió,
entre risas-.

-Lo siento, es que a veces soy
impulsiva, -espetó ella-.

«Terminada la pequeña plática, él se retiró y Alessandra se encaminó hacia la biblioteca. Tomó uno de los libros, (*Shakespeare*), que había en aquel sitio y empezó a leerlo. Le encanta leer, ya que su madre siempre le inculcó a que se interesara por aprender.

Capítulo 4

El Reencuentro De Viejos Amigos

*A*l retornar a la gran sala, Raven le comentó que había llegado una compañía de teatro a la cuidad y deseaba que ella lo acompañara.

-La Ópera de París está en la ciudad, me encantaría ir contigo. –Exclamó, él.

-¿La Ópera de París? ¿Estás seguro? –Repuso ella, atónita por la noticia.

-Es justo lo que acabo de decirte, - comentó él-. Están aquí.

-Raven, te llevarás una gran sorpresa. -Comentó ella, con una gran sonrisa en sus pálidos labios-.

Él, la miró un poco aturdido, pero siempre salía a relucir su sonrisa, mostrando sus presas.

-Está bien, -exclamó, el antiguo-, vamos.

Cuando llegaron al teatro, Raven no daba crédito a lo que sus ojos le mostraban; era Edward, su viejo amigo.

-¡Vaya, vaya, qué gran sorpresa! -Exclamó, con gran entusiasmo, al ver a Edward-, sí que tenías razón, preciosa.

-Te lo dije, -proclamó ella-, sabía que reaccionarías de esa manera.

-Bien hecho, niña, -dijo él, con tono burlesco-, has aprendido mucho desde que partiste del lado de Lilith.

«Al término de la función (*Hamlet*), sólo quedaban él y Alessandra; Edward fue adonde ellos se encontraban. Los guió hasta las catacumbas, dónde se hallaban los demás vampiros que lo acompañaban.

-Mira nada más, el mundo es pequeño, -espetó emocionado Raven-, después de tantos años nos volvemos a encontrar.

-Así es, -pronunció, Edward-, viejo amigo. Bien, ¿a qué debo el honor de tu visita?

-Me enteré de que una compañía de teatro estaba en la ciudad y decidí venir. -Prorrumpió el inmortal-, pero no me imaginé que estarías aquí.

-Alessandra, ¡Gusto en verte! -Comentó Edward-.

-Edward, ¿cómo has estado? -Pronunció ella-.

-Sobreviviendo, -manifestó él-, o tratando de hacerlo.

-¡Excelente! -Reconoció ella-.

-Así es. Raven, ¿dónde has estado todos estos años? -Inquirió el inmortal-.

-Vagando por Roma, Italia y otros países antiguos, reveló Raven-, conociendo distintas culturas y costumbres del mundo.

-Comprendo, -exteriorizó aquél-, tú siempre has sido un erudito.

-Tú mejor que nadie lo sabe, mi querido amigo. -Espetó el primero-

.

«Las miradas de cada uno de ellos se cruzaban, mientras que Alessandra estaba pensativa; los recuerdos de su infancia venían a su mente. Aparecieron en su cabeza las imágenes de la vez que llevaron a *Palacio* un escultor para inmortalizar a su madre.

De pronto, despertó de ese sueño y volvió a la realidad, miró a Raven y Edward y dijo, con voz entrecortada: -Raven es hora de irnos; necesito alimentarme, estoy muy débil-. Él asintió sin pronunciar palabra alguna, no sin antes decirle a Edward, mirándolo de una manera muy extraña: -Tenemos una conversación pendiente, amigo mío.

«Al salir del teatro, no había nadie en las poco alumbradas calles de Luxemburgo. Caminaron hasta el *manor* de Raven y, sin despedirse, Alessandra subió hasta sus aposentos; sacó unos libros que guardaba en una pequeña gaveta y abrió uno de ellos. En su interior se hallaban cartas que le enviaba su madre preguntándole dónde estaba, tomó una y la leyó…

Querida Alessandra.

Han pasado muchos años desde que partiste a otro lugar sin dejar rastro alguno; no te imaginas lo duro que ha sido para mí este tiempo. Tu padre falleció hace unos días de una enfermedad misteriosa, nadie pudo hacer nada para salvarlo y todo el reino está a punto de colapsar; va a estallar una guerra por obtener el poder.

Hija mía, lo único que deseo es tener noticias tuyas. Saber que te encuentras bien y sin un rasguño; saber qué has hecho todo este tiempo, todos estos años...

Desearía poder saber por qué te fuiste sin decirnos nada aquella noche, algún día sé que volverás y todo será como antes, volverá la paz y la calma a nuestro pueblo… Pero sobre todo a mi corazón.

Esperaré tu respuesta, como he esperado desde la primera vez que te escribí, anhelando que te lleguen mis cartas.

Un beso.

Tu madre, Elizabeth.

«Alessandra cerró sus ojos y por segunda vez lloró. Anhelaba su vida mortal, había dejado de tener fe en la religión, en los *Padres;* ahora sólo se centraba en cuestionar sobre la existencia de Dios. Pensaba: -Si realmente existes, ¿Por qué no te me presentas?-. Daría un momento de su inmortalidad por volver a sentir el amor que alguna vez tuvo en su corazón.

Las visitas de Raven al teatro se hicieron más seguidas; él y Edward aclararon todos los malentendidos que existían entre los dos. El joven inmortal le explicó a su maestro el porqué de su desaparición. Pasaron siete meses, en los que *el antiguo* iba cada noche a disfrutar de los espectáculos de la *Ópera de París*.

Una de las tantas noches en las que Raven visitaba el teatro, después de terminada la función, fue hasta donde Edward y dijo: -Mi amigo, tenemos una conversación pendiente, ¿te acuerdas?

-Oh sí, claro que sí. Ven vamos a otro lugar en el que podamos hablar con más tranquilidad, - expuso, Edward.

Edward

«Fueron hasta el parque más cercano y se sentaron en una de las amplias bancas, no había un alma que caminase por ahí a esas horas y, de improviso, el inmortal más nuevo miró a su creador y declaró:
-Te voy a decir qué es lo que sucedió esa noche... Me llegó una carta desde la residencia de mi madre, la cual indicaba que ella estaba moribunda y me necesitaban de urgencia. Tomé un

barco hacia mi destino y, durante la estadía en el viaje, me aislé por completo; hasta que, en un período determinado, sentí la necesidad de beber sangre y pensé: 'Es el momento de alimentarme y abandonar esta sed que golpea mis venas con gélidos latidos'. Asediaba la proa del navío con mis nocturnos ojos; saboreando la sangre que, vorazmente, un marinero me proporcionó. Mientras que, desaparecía la angustiosa necesidad de saciar mi sed en la tenebrosa y, a la vez, relajante oscuridad del mar.

«Sólo pensaba en mi amada y en mi mente rondaba: 'Por fin cayó la noche y empiezo a saborear el dulce olor de esta ciudad. Recibo sensaciones ya olvidadas en mi recuerdo de cuando tuve que partir de aquí sin darte explicaciones, mi amada. No podía permitir que sufrieras daño alguno. Ahora comienza mi búsqueda; he de encontrarte para hacerte mía, para volver a probar tus labios y sentir el aroma de todo tu cuerpo, mientras rozo tus cabellos del color de la más oscura noche'.

«El barco atracó en el puerto de York, a la quinta noche de haber levado anclas. Existía mucha conmoción al momento de descender del navío y yo lo escuchaba. Percibía a los marineros descargar los bagajes y demás trastos que trasportaban. El sol se ocultaba y sólo había el reflejo que bañaba la mar; desperté y mi fiel ayudante comenzó a descargar nuestro equipaje y, entre la reflexión acerca de encontrarla lo más raudo posible y mi mortífera existencia, me surgió de repente la idea paranoide de que Karla estaba buscándome, de que anhelaba verme al fin bajo sus brazos como si fuesen ardientes llamas que me rodeaban.

-Vaya, así que eso es lo que sucedió. –Alegó Raven, al ver la mirada nostálgica que tenía el rostro de Edward-. Esa fue la razón por la que te fuiste sin decirme nada.

-Así es, -declaró Edward-, si te lo decía tú no me hubieses dejado marchar en ese momento.

-Estás en lo cierto, -mocionó Raven, con un suspiro casi imperceptible-, no lo hubiera permitido. En fin, ¿qué sucedió después?

«El joven aspiró un poco de aire y continuó: -Como te indiqué, descendimos de la embarcación la noche anterior; el sirviente que me escoltaba fue bien recompensado por no mencionar mi naturaleza y unos segundos después, estábamos cerca del muelle esperando tomar el coche en dirección a mi nueva morada.

«Raven, lo volvió a frenar con una sutil pregunta: -Eso quiere decir que el esclavo sabía quién eras, ¿Cierto?

-Exacto, -exclamó el vampiro-, por eso tuve que pagarle y mantener su silencio.

-Y ¿por qué no lo asesinaste? -Soltó el antiguo-.

-No podía hacerlo, -contó el primero-, él conocía muy bien esa zona. Yo, antes, jamás había pisado ese muelle.

«En ese momento su creador soltó una carcajada, que estremecería a toda la ciudad…

-¿En verdad no conocías el muelle? -Se burló, Raven- ¡Rayos, sí que eres patético!

-Búrlate de mí, si deseas. – Mencionaba el vampiro, abrumado por la situación-. Pero esa es la verdad. Bueno… ¿Me permitirás que prosiga o no?

-Perfecto, perfecto… Por favor.

«-El carruaje llegó veinte minutos después de haber arribado a York; el paisaje que vislumbraba allá afuera, era el mismo desde mi infancia. Nada había cambiado, sin embargo, las personas a las que conocía ya no las miraba como amigos; en su defecto, ahora eran trofeos; los cuales, tarde o temprano, caerían bajo el yugo de mis colmillos.

*Ahora comienza mi búsqueda, he de encontrarte para salvarte, -***pensaba en ese momento-**, *para volver a sentir tus caricias y sentir el aroma de tu perfume; mientras mis dedos juegan con tus cabellos del color de la más oscura eternidad.*

«*Las calles me envolvían con su luz al pasar por ellas, cuando llegamos a York. Viejos demonios creaban temibles sombras y sus viejas tabernas me atraían en busca de respuestas acerca de mi nueva vida.*

Pero… ¿Por dónde empezar? ¿En qué lugar se esconde el ser que una vez amó, una vez quiso intensamente, si éste es prisionero de su propia alma? –Retumbaba esa pregunta en mi atontada cabeza, en esos instantes-.

Crucé la calle, hipnotizado por una vieja cripta de descolorido y frio granito… La reconocí, fue allí donde pasaba mis días de meditación sobre mi amada Lilian.

Aún recuerdo el olor a musgo y el perfume de las marchitas flores alrededor que se impregnaban en el ambiente nocturno. Observaba la figura tallada en aquella bóveda, que resplandecía bajo la luz de la luna sin que envidiara al mismo sol. Me hallaba oculto entre las ruinas de este misterioso cementerio, volviendo a intentar sentir el corazón. Pretendiendo rasgar mi pecho. El concepto del tiempo se fundió en mi mente, no existía nada fuera de mí mismo. No existía absolutamente nada…

«Al recordar esto, los ojos de Edward se volvieron de color rojo y rodaron por sus mejillas dos gotas de sangre…

«-Caminé como no caminaba hacía años, cuando en mi mente revoloteaba el pensamiento de inmolarme ante el sol; al llegar a mi vetusto hogar (casi estaba en ruinas, después de que mi padre nos abandonara), entré a la habitación. Tomé su rostro entre mis manos, sus labios se deslizaron entre ellas… unas manos frías, sin vida como el flirteo de la muerte... Yo me quedé inmóvil, con los ojos impávidos; intentando admirar cada segundo de ese eterno momento, sólo comparable a la inmensidad del cielo. Sentí el tiempo detenerse y mucho dolor. Entonces, entendí que tenía que transformarla en inmortal.

Aún recuerdo nuestra platica en el balcón del hogar, donde le juraba jamás dejarla. Por eso es que no alcanzo a comprender qué sucedió qué me alejó de ella sin un rastro.

-Noches y días enteros pasaron sin tener noticias de ti, -exponía mi madre-, sin dar señales de vida; incluso nadie sabía qué te había sucedido, no

hullaba ni una tumba donde derrumbarme a llorar mi pena y humedecer la tierra con mis infinitas lágrimas... ¡Qué sombríos días desde entonces sin ti, mi amado hijo!

«-Entonces le dije, en un pequeño murmullo, estas palabras a Karla: *Ven a borrar con una caricia mis noches ausencia, ven a mostrarme la hermosa luna que no ha brillado desde entonces, ven a darme un soplo de vida con tu gran amor y permíteme curarte...*

Al anochecer posterior, regresé nuevamente a la recámara de mi madre y le indiqué: -Es tarde, el sol duerme tranquilamente; ha llegado la hora de vivir una vez más, el único lugar donde te puedo encontrar y ser feliz es siempre junto a mí; hoy si podré verte como te recordaba, joven y llena de fuerzas.

Cerró los ojos e intentó encontrar la quietud de su alma y dormirse en los brazos de la serenidad. Introduje mis finos colmillos sin dificultad en su cuello, como si se tratara de filosas navajas que cortan un papel; ella, al sentir esto, se aferró aún más a mí. Luego, con una de mis largas uñas, abrí paso para que brotara mi elixir inmortal y le ordené en un susurro que bebiera. Su cuerpo se contoneaba de tal forma que sentía que me invadía el miedo, ese miedo que azota a los mortales cuando están temerosos.

En un abrir y cerrar despertó y me pidió más. Le dije que tendría más, entonces llamé a una de las sirvientas de mi madre y, sin que la mujer se diera cuenta, la tomé por el cuello y desgarré su piel. Acto seguido, Karla la tomó entre sus brazos y deglutió cada segmento de sangre que salía del cuello de la muchacha.

«Raven no hablaba, sólo lo escuchaba, pero ya era tarde. El sol saldría en unos minutos más, así que aprovechó para despedirse de él y asegurarle que algún día el destino los volvería a reunir. Transcurrirían varios años para que eso sucediese.

«Después de que Edward y los vampiros del teatro se marcharan, Raven y Alessandra vivieron juntos; alimentándose de ladrones, malvivientes y prostitutas. La bella dama se sumía en intensos sueños al entrar en su ataúd, mientras que Raven leía los incontables libros de su biblioteca personal después de haber 'cenado'; así continuaron noche tras noche, mes tras mes, año tras año…

Pasaron sesenta y cinco años, en los que Alessandra y Raven vivieron en la casa –cada uno por su lado-, sumidos en sus trémulos pensamientos y sintiendo que la oscuridad era inmensa.

Capítulo 5

Búsqueda De Respuestas

V iajaron a Hamburgo, dejando atrás la ciudad que

los había acogido todos esos años; compraron una residencia cerca del cementerio *Ohlsdorf*. Una noche, en octubre de 1853, Alessandra tomó su camino y se dirigía a dónde sus pies la llevaban; ahondada en las imágenes que se presentaban en su mente, al recordar las caras de sus víctimas en el momento de su muerte.

Sin darse cuenta había llegado a la Catedral de *Sankt Petri*, por la que había pasado años antes sin siquiera inmutarse. Cuando alzó la vista, las inmensas y desteñidas puertas estaban abiertas; en el fondo de la nave estaban los fieles rezando los *Ave María* y los *Padre Nuestro*, en latín.

Dentro, existían candelabros bañados en oro, iluminados por una vasta cantidad de velas blancas y, junto a ellos, se alzaba el gran altar con las imágenes religiosas de Cristo y la Virgen María. A los lados se podían observar las enormes ventanas que contaban las historias bíblicas de los primeros tiempos.

Adelante, las filas de bancas en las que estaban los creyentes repiqueteando sus rosarios, mientras exculpaban sus pecados -antes de la misa del domingo-, no le hicieron el menor disgusto a Alessandra; quién había ingresado ya en el templo. De repente, su delgada nariz sintió el olor de las ratas, las mismas que se paseaban de un lado a otro por el altar y el antiguo tabernáculo sacrosanto -que tenía la pequeña puerta carcomida por las polillas-, royendo la *Santa Eucaristía*; casi sin voluntad propia, la chica miró por el rabillo de ojo a una que mujer entraba al confesionario y rogaba por la absolución de su alma, después de haber cometido adulterio.

Un mendigo, pasó cerca de ella al momento en que ella se dirigía al altar; cuando estuvo cerca del gran retablo, miró hacia arriba. Y en ese momento, gritó: -Aquí no hay nada; estas imágenes a las que todos ustedes adoran, no son nada. Aquí no vive ni Dios ni Cristo-. La poca gente que aún quedaba allí se estremeció al escucharla pronuncia eso.

Inmediatamente algunos salieron apresurados, casi corriendo; Alessandra dio media vuelta y, llorando, se acercó a una de las bancas y se sentó para no perder el equilibrio. Al ver las ruinas que era aquella basílica, el polvo que caía sobre las bancas, las imágenes, la pequeña fuente que contenía en su interior el *'Agua Bendita'* y las flores ya marchitas; se levantó, apoyándose con una mano en el respaldar del banco para no caerse y salió, corriendo hacia la callejuela que había sido mojada por la fina lluvia que caía en esos instantes, en dirección al cementerio *Altona*.

En las horas siguientes, echada sobre una cripta de mármol y afligida por el hambre que la invadía, meditaba acerca de su eterna condena a vagar por siempre en este sombrío mundo. Y, ¿Qué era el mundo para ella, realmente? Nada más que un oscuro y frío páramo de soledad, en el que no encontraba nada ni le interesaba nada en esa época. Veía a los mortales como comida; criaturas salvajes que asesinaban a sus prójimos, por unas cuantas monedas o simplemente por placer. Estaba harta de todo eso.

Al día siguiente; al atardecer, Raven salió a buscar un nuevo acompañante, del cual se ganaría su entera confianza. Se topó con un muchacho, joven y muy hermoso. El mismo que se hallaba sentado en una banca cerca de *Deichstrasse*, tenía un precioso estuche forrado de piel junto a él y entre sus manos un fantástico violín.

Raven fue hacia donde se hallaba el muchacho y, con el peculiar acento de todo un noble inglés le habló, al

lozano caballero, que en ese
instante interpretaba una pieza de
Mozart en su violín.

-Buenas noches, -espetó el
vampiro-, me he fascinado de la
forma y vivacidad con que tocas
ese instrumento. Es realmente
maravilloso escuchar esta
extraordinaria pieza musical, no la
había escuchado hace años.

-Gracias. –Salió de los labios del
temeroso joven-. Es una de mis
piezas favoritas.

-¡Oh, sí! -Exclamó el vampiro- ¡Qué
precioso!

«El joven dio gracias con un movimiento de su cabeza y una leve sonrisa…

«-Me disculpo, -dijo de pronto el noble inglés-, aún no me he presentado. Mi nombre es Raven, es un placer y, tu nombre... – François. –Pronunció débilmente.

-Oh, François. Me gustaría hacerte compañía, si no te molesta. – Expuso el vampiro, con más seguridad-. Continúa, por favor.

El músico francés prosiguió con lo que hacía, sin perder de vista la pálida cara de su acompañante, quién observaba detallada los movimientos de los dedos del joven.

«Raven siempre jugaba con sus víctimas antes de darles el *'beso de la muerte'*, como él mismo lo decía cuando regresaba jubiloso a su casa. Jubiloso y riendo como loco después de darse el 'gran banquete'. Pero este muchacho lo impresionaba; le apasionaba su manera de hablar, de sonreír, de tocar el violín. Podría decirse que se enamoró de él.

El alba estaba cerca; así que se despidió del muchacho, no sin antes decirle que lo esperaría a la misma hora para que lo deleitara nuevamente con su música. Se alejó lo más rápido posible hasta sus aposentos; una vez en su nueva mansión, se ocultó dentro de su ataúd, (pensando en el exquisito aroma que envolvía al joven francés), cuando se apreciaban los primeros rayos del naciente y mortífero sol.

Entrada ya la noche, abrió la tapa de su féretro y bajó por las largas escaleras en forma espiral, atravesando el vestíbulo hasta la gran sala que conducía a la puerta principal.

Llamó a Alessandra en varias ocasiones sin tener respuesta; cuando estuvo casi cerca de la lujosa mesita de pino, que se encontraba a un lado de la chimenea ennegrecida por las llamas, se dio cuenta que, sobre dicho mueble, habían dejado un sobre sellado y dirigido para él.

Lo tomó con una de sus manos, se inclinó hacia adelante y con su mano libre buscó dentro del cajón un cuchillo y lo abrió. Se trataba de una carta escrita por su compañera, quien le indicaba que se despedía de él.

Raven no lo podía creer, pero, con mucha tensión en su cuerpo -tanto que los músculos de su organismo *preternatural* se contrajeron contra sus huesos. Y, sus ojos los tenía tan abiertos que parecían estar fuera de sus propias órbitas- empezó a leer esa carta…

Mi amado Raven.

He decido tomar un barco que me lleve con destino a Italia; esta misma noche saldré del puerto, a buscar… quiero decir, necesito estar sola por un tiempo y abrirme a nuevos conocimientos sobre la vida mortal.

Espero que me comprendas. Sé que el tiempo no es lo mismo para los mortales que para nosotros; el tiempo pasa, casi desapercibido, y los sueños que ellos desean no tienen la más efímera importancia para seres tan mortíferos y letales como nosotros.

No te preocupes por mí, nada me sucederá; volveré a tu lado cuando menos te lo imagines para compartir nuestra eternidad, juntos.

Alessandra.

Alessandra

Esa misma noche, en el muelle, Alessandra se embarcaba rumbo a Italia, dejando atrás todo lo vivido con Raven. Había alquilado una cabina, a la que había sido llevado su equipaje; dos días antes, la belleza inmortal había adquirido el pasaje sin que nadie se enterara de ello.

Mientras esperaba pacientemente en su camarote a que se icen velas, leía un libro que Edward (que en sus primeros años de vampiro escribió por última vez), le había obsequiado antes de irse; un libro de poemas, y leyendo uno por uno, halló uno que le gustó mucho. Hablaba sobre la condena, a la que todos los vampiros estaban sometidos…

Eterna es la noche llena de
soledad,

donde las tinieblas te cubren a ti.

Suave manto de miedo, dulce
silencio de olvido.

Yermo pálido de total frialdad,

impregnada de maldad.

Sueños rotos que no olvidarás;

eternidad que no imaginarás,

únete a mí y por siempre vivirás.

Desierto de inmortalidad
a la que sobrevivirás;
adueñándote de vidas,
te saciarás.

Lúgubre temor
donde no hay amor.
Solo tu penar
no te condenará.

«De una de las gavetas sacó un elegante reloj, lo tomó y se inclinó para ver la hora. Eran las once y quince minutos, faltaban tan solo unos cuantos minutos más para que el buque se hiciese a la mar. Volvió a su lectura, sentada en la cama; cuando, sin darse cuenta, la embarcación ya había tomado su rumbo, yendo al encuentro de las espesas y nebulosas aguas del mar.

Cada noche observaba a los pasajeros que paseaban por la proa, ir y venir por su lado. Las fiestas se alargaban casi hasta el amanecer; los pasajeros salían totalmente ebrios después de haber escuchado y bailado al ritmo de vals, ella los miraba con cierto aire de indiferencia, como si tratase de entender qué es lo que significaba la vida para esos seres llenos de vitalidad.

Cuando el hambre se hacía insoportable, conquistaba a los incautos. Los seducía con su voz dulce y su tez –blanca, casi imperceptible- bañada por la lánguida luz que se extendía desde los vestíbulos. Sin sospecharlo, sus infortunados acólitos caían rendidos cuando la bella dama les agradecía por sus halagos, con un susurro al oído. Y dulcemente sus labios se asían al cuello de los desventurados.

La travesía duró un mes y, al atracar la galera en el muelle de Venecia, la esperaba un hombre alto. Quien la conduciría hasta su nueva residencia. Florencia. Luego de haber pedido una habitación y de que los empleados del hotel llevaran sus cosas –no sin antes comprar el silencio del encargado, con un buen fajo de dinero-, buscó inmediatamente un coche que la llevara hacia la *Capilla Sixtina*. Lugar que le había apasionado mucho cuando leía sobre ese país.

Al momento de ingresar, contempló con súbita emoción el arte de ese inhóspito lugar. Para ella fue impresionante admirar tal atmósfera que se le presentaba enfrente; cada rincón era, supremamente hermoso, cada escenario pintado por Miguel Ángel parecía como si fuese el mismísimo cielo en el que ya no creí. Tomó asiento en una de las primeras hileras de bancos, mientras pensaba si realmente todo eso le arrancaría el dolor que se ocultaba en su alma. Esa madrugada, fue a dormir sabiendo que algo más existía en esa ciudad.

Luego de mucho pensar en lo que un florentino ebrio le dijo sobre cómo el veía la vida humana, antes de ser su alimento, decidió salir de ese pueblo olvidado para transitar hacia un lugar más seductor desde que encontrara ese lugar tedioso; ya que allí, no hubo hallado las respuestas a sus cuestionamientos acerca de su hórrida existencia como un ser inmortal.

Había oído mencionar a los habitantes que la ciudad más importante tenía ciertos mitos acerca de la desaparición de clérigos de la iglesia católica, en épocas en que la religión gobernaba las mentes humanas.

Antes de emprender su nueva marcha, se instruyó en lo concerniente a dichas historias contenidas en los libros que había conseguido en la vitrina de una vieja librería italiana. Las historias trataban de seres que atacaban a los viajeros y gentes del lugar por la noche.

Pasaba noches enteras leyendo los innumerables textos referentes a los cuentos sobre los extraños entes, radicados en el Este de Europa (Transilvania, Hungría...). Así, transcurrieron catorce años entre satisfacer su sed de discernimientos y sangre.

Los mitos allí narrados, explicaban que esas gentes los ahuyentaban, colocando en las puertas de sus casas, collares de ajo y crucifijos de bronce; los cazaban a plena luz del día, abriendo sus tumbas y clavándoles estacas en el corazón.

Raven

Entretanto Raven, aun viviendo en
Hamburgo, transitaba por las
estrechas calles hasta dar con el
parque donde siempre estaba el
joven francés tocando,
delicadamente, su instrumento;

hacía anos que lo visitaba, noche tras noche, y se iba antes del amanecer. En una noche de gran desesperación, decidido (tal como alguna vez estuvo con Edward), puso su rostro tan cerca como le fue posible al del muchacho; la luz de la lámpara de gas cayó encima de la piel blanca y sin vida del ilustre inglés, quién al ver la reacción -pavorosa, formando una espantosa mueca- del otro, realizó un gesto de deleite.

-No temas, amigo mío. –Masculló de improviso-. No te haré ningún mal. Voy a darte la oportunidad de ser joven y bello, como lo eres ahora.

-¿Cómo lo lograrás? –en ese instante el vampiro retiro hacia atrás sus labios, dejando visibles los largos caninos.

-He visto que ya no tienes interés en nada… el vino ya no sabe igual, no quieres comer, estás enfermo, ¿verdad?

-Sí, -dijo murmurando y con la cabeza gacha, el muchacho-.

En ese instante, Raven, hizo un movimiento tan vertiginoso y envolvió al francés entre sus brazos, robándole en cada suspiro, un poco de vida.

La sangre manaba violentamente de su cuello, haciendo que su cuerpo se debilite cada vez más hasta casi fallecer.

-¿Vendrás conmigo? –Susurró el vampiro cerca del oído del noble francés-. ¿Me permitirás enseñarte los secretos del mundo?

-Sí. –Soltó en un sofocado balbuceo-. Lo haré, sí.

El vampiro llevó la muñeca hasta su boca y abrió una pequeña herida, de la que empezó a brotar el líquido rojo. Tomó al casi inerte individuo y le dio de beber y éste, a su vez, asió fuertemente el brazo; los corazones de ambos latían al unísono, hasta que el del inmortal empezó a disminuir su velocidad.

Como pudo se separó del muchacho, quien se contorsionaba como si lo golpearan varias personas a la vez, hasta que finalmente su cuerpo murió. Al abrir sus ojos, Raven, tenía su mano estirada para ayudarlo a ponerse de pie; él hizo lo mismo.

-Observa a tu alrededor con tus nuevos ojos. -Espetó Raven-. Míralo como lo que eres ahora… Un vampiro.

François dirigía su atisbo hacia todos lados; él y su creador caminaron hasta el antiguo cementerio, en busca de mendigos e indigentes para alimentarse. Una vez terminada la 'cena', fueron a la mansión; Raven lo llevó hasta una de las amplias y lustrosas habitaciones, en donde ya había un ataúd.

Alessandra

Por su parte, Alessandra se embarcó hacia Roma por las oscuras aguas del Mar Negro; luego cruzó el Mediterráneo, deseando que esas nuevas aguas fuesen apacibles y azules como el cielo mismo. Pero no eran así. En la noche, el cielo estrellado y el mar se juntaban en una danza de seducción, creándose entre ellos una infinita unión.

Trató de imaginar aquel cielo de sus años juveniles, cuando la compañía de Elizabeth era la felicidad para ella; intentó recordar el brillo que adquiría el verde del pasto bajo sus pies, cosa que la hacía flotar en el limbo...

Al despertar de ese sueño, el navío estaba cerca de atracar. Un carruaje -con asientos aterciopelados, de pino cuidadosamente tallado-, la llevó hasta un lujoso hotel alemán; el mismo que estaba a unos kilómetros del Coliseo Romano. Le explicó, en italiano al encargado, que no quería ser molestada por nada y, en eso, sacó de uno de los baúles un forro de dinero.

El tipo tomó el dinero, se dio media vuelta y se fue. Alessandra se aproximó al enorme ventanal para mirar las callejas -que cruzaban en todos sentidos-, como tratando de que sus ojos vieran a lo lejos si alguien se movía entre las sombras; retornó el canto, ese canto etéreo, suave que escuchaba en su infancia. Lentamente se calmó, pero su cabeza palpitaba como si fuesen martillazos que caían contra sus sienes y las llamas de las velas parecieron fundirse en pulidos círculos de luz a su contorno.

De improviso, sintió que la tocaron como si la empujaran con fuerza, de modo que casi perdió el equilibrio y, cuando se enderezó, y vio en rededor que no había más que su rostro de vampiro en el espejo. Sus blancas manos se posaron a sus lados, colgadas de sus largos brazos. Pero algo, súbitamente, se interpuso entre su razón y su esperanza. Pareció golpear sus pensamientos pues no se movía y, entonces, ya no advirtió más que el leve sonido del viento; estaba inmóvil como estatua, con los ojos fijos en la nada y el tiempo pasó como ola tras ola de agua desde una ribera silenciosa.

No podría haberse dado cuenta de cuánto tiempo estuvo así, en aquellas sombras, y cuan absolutamente calmado le pareció todo; únicamente las llamas trémulas detrás de ella parecían tener vida propia.

Afuera llovía torrencialmente, el aire era frío; pero eso no le importó y corrió por aquellas viejas calles de los dioses romanos y, sin darse por enterado, había llegado al Coliseo Romano. Levantó la vista ante la majestuosa estructura y, pasible, entró y la recorrió.

Escaló por los muros de piedra que poco a poco se desmoronaban, hasta situarse en la parte más alta; oyó pasos a lo lejos, uno tras otro, al compás del eco que los acompañaban. Se hacían cada vez más cercanos, más pesados. Se concentró, cerrando los ojos para percibir mejor el sonido que la envolvía. Su respiración era casi imperceptible y los pasos se aceleraban; una figura delgada y alta apareció frente a ella, como un fantasma saliendo de la nada. Se puso en alerta por si tenía que defenderse, pero aquella visión fantasmagórica no la había vislumbrado; los ojos de la mujer brillaban, sus ropas estaban andrajosas y rotas, carcomidas por la humedad y el moho y su cabello rojo danzaba al son de su andar. Era el andar, sereno e inconfundible de un vampiro, eso era claro. Tragó saliva y caminó hasta donde se encontraba la dama de pálido rostro.

-Oh, hermosa criatura. –Dijo en italiano, Alessandra.

-¿Cómo llegaste hasta aquí? – expuso la mujer pelirroja-. ¿Qué te trajo a estas tierras desoladas?

-He venido en busca de respuestas, para comprender la naturaleza mortal, comprender la naturaleza del vampiro. Estoy ofuscada, deseo un poco de paz para mi alma.

-Entiendo, -susurró, la dama de ojos verdes-, intentaré ayudarte. Primero que nada, me presentaré... mi nombre es Sabin.

-Me llamo Alessandra, -masculló Alessandra-, vengo desde Inglaterra.

Detrás de Sabin aparecieron otros vampiros; Alessandra no se había percatado de ellos, hasta que una roca cayó al suelo a unos metros de ellas.

«-Como puedes ver somos una 'familia', -prosiguió Sabin-, una familia que ha vivido aquí durante dos siglos. Atrayendo a los que pasean allá abajo, sin percatarse del riesgo que corren al circular por las calles aledañas para visitar este templo.

«Alessandra la observaba con los ojos entrecerrados.

-Ellos temen lo que no comprenden. –Continuó explicando, tras una breve pausa-. Lo que su razón no consigue entender, es por eso que son humanos; nosotros... somos distintos, para nosotros el tiempo pasa como el agua que fluye por los ríos. Como si éste no tuviese piedad y se acelerara para alcanzar el infinito.

-Pero... -murmuró la muchacha rubia con voz disipada, cual quejido doloroso-. ¿Cuál es el infinito?

-El infinito, es algo ilusorio. -contestó apática, la vampiresa-. No es algo palpable ante mis ojos inmortales. Ya he vivido doscientos años sin preocuparme de lo que es este temible mundo; he vivido mirando cómo los humanos se matan entre sí, cómo la gente se muere de hambre, coexisten en la inmundicia, en la desolación. Si realmente existiese Dios, nada de esto hubiese sucedido; son los mismos mortales quienes crean una *Fe* para solapar los asesinatos, los suicidios, las malversaciones de quienes toman las 'riendas del rebaño', engañando a los *creyentes*.

-¿Crees en Dios, en su *palabra*…? ¿En su religión? –Dijo desdeñosamente, la belleza de cabellos radiantes- ¿Crees en el Demonio y en sus maldiciones?

-No, no creo en esas estupideces. – Espetó la joven vampiresa, con tono de desazón-. Jamás tuve una visión *misericordiosa* o secreto *divino* confiado…

«Meditó un momento y volvió a decir: -El vampirismo, es sólo una ventaja que le llevamos a Dios; es la derrota de la vida ante la muerte, aunque nosotros tomemos el lugar de ésta y nos convirtamos en la Muerte misma. El demonio, -suspiró-, el demonio somos todos nosotros, los inmortales. No hay nada más.

Bastó esas palabras para que Alessandra se quedara inalterable, ahondada en sus propias exhortaciones de lo que significaba la vida y la muerte para ella.

Miró detenidamente esa figura hermosa y tan inanimada, como si de una estatua se tratase. Sabin no se movía; únicamente sus ojos, casi imperceptiblemente, lo hacían cuando miraba a Alessandra.

La lluvia se había convertido en finas gotas cristalinas. El conocimiento que la joven inmortal poseía era tan seductor como el aroma de las flores; la deseaba, deseaba quedarse con ella y aprender más. Cada poro, cada músculo de su cuerpo se lo pedía…

-Debo irme ahora. –Dijo Alessandra, con tono afable.

-Aún no, por favor. –Respondió con voz efusiva la vampiresa pelirroja.

-Está por llegar el alba y el sopor se apodera de mí.

«Dio media vuelta, y salió con la cabeza gacha de aquel lugar. Aún caía una leve lluvia; las efímeras gotas de agua que cayeron sobre el vestido de Alessandra, se destellaron a la luz de las mortecinas lámparas de gas de las calles de Roma.

Pasó por varias callejas, repasando las palabras que Sabin le había conferido acerca de lo que significa para un vampiro la vida y la muerte; levemente, sintió que el sueño se apoderaba cada vez más de su cuerpo. Estaba cansada y muy dolorida, pero no era un dolor como lo sienten los humanos; más bien era el dolor de saber que a final de cuentas las cosas cambiarían mas no los vampiros.

Raven

Los años que Raven pasó sin la
compañía de Alessandra, se
convirtieron en un verdadero
infierno; el infinito amor que le
tenía no se comparaba con nada, ni
siquiera con el amor que sentía por
François.   François   quería

demasiado a su creador como para abandonarlo en esos momentos, debido a que éste le había revelado secretos inimaginables para un mortal; además, de que lo consideraba un erudito tal como alguna vez se lo dijera Edward.

Año tras año la buscó sin tener éxito. El aburrimiento y el tedio de esa ciudad, lo llevaron a tomar la súbita decisión de ir a otro país; deseaba respirar otro aire, otra fragancia. La fragancia de su viejo jardín, lleno de jazmines y rosas. Deseaba, más que nada, olvidarse de todos esos siglos que había vivido, todas las noches en las que se alimentó de uno o de otro, de hombres y mujeres; dejando a miles de huérfanos, e inclusive, se alimentaba de esos mismos huérfanos que se morían enfermos a causa de las plagas o del hambre, tiempo después de que visitara las casas de sus padres que no estaban más que reducidas a escombros o ruinas.

François se le había aproximado y puesto de rodillas, mientras observaba lo meditabundo que se encontraba su creador; el mismo, que estaba sentado en un gran sofá de madera exquisitamente tallada y cubierta por una capa de pintura negra, y revestido con terciopelo rojo.

Raven estaba doblado un poco hacia adelante, con los codos apoyados en sus rodillas, sus manos bajo su mentón y sus ojos fijamente concentrados en la pálida lumbre de una vela que se consumía lentamente, erguida en un bellísimo candelabro de oro.

-Maestro, ¿Qué es lo que te sucede? –Preguntó inesperadamente, el vampiro.

-Recordando, mi amigo. – Respondió Raven, dirigiendo por un instante la mirada hacia su pupilo y haciendo un ademán de sorpresa; para luego volver a mirar el candelabro-. Recordando.

-Pero dime, ¿Qué es eso que te causa tanto mal? –volvió a inquirir el joven.

-Hay cosas que jamás entenderé y menos de una mujer. En mi vida mortal amé a muchísimas mujeres, más de las que te imaginas en este momento; no sé si dejé hijos mortales, ya que estuve con varias, pero a cada una de ellas las amé de diferentes maneras. No sé, si tú alguna vez has estado con una; sentir su piel, la suavidad de sus pechos, la calidez de sus besos, sus caricias. Todo eso te lleva a un éxtasis que se podría comparar casi con beber la vida de un humano.

-Yo también amé a una muchacha. –espetó François, sollozando y con lágrimas en los ojos-. Ahora ella está muerta, muerta. -Dijo esto último con un gran suspiro-. Falleció meses después de que le dijeran que morí de una enfermedad del corazón, y viera la tumba que mandé construir en el antiguo cementerio Altona.

«-Sin que ella se diese cuenta, la visitaba todas las noches, -prosiguió, tras una breve pausa-, ocultándome en las sombras para que no me viese. Para que no conociera este rostro frío y duro y me gritara: 'Demonio, déjanos en paz'. Eso sucedió los primeros meses en los que me convertiste en vampiro; las visitas a su casa eran frecuentes, subía hasta su ventana y la observaba cómo dormía por horas. Velaba su sueño hasta unos instantes antes de que los primeros rayos del sol aparecieran.

Capítulo 6

Una Nueva Vida

*T*ranscurrieron treinta años.
Años en los que Alessandra
consumía las vidas de los que

cruzaban su camino noche tras noche.

Una de esas tantas noches en Roma, en diciembre de 1883; antes de irse definitivamente de Italia, estaba paseando por las calles empedradas de la antigua metrópoli, cuando sin darse cuenta -debido a sus reflexiones- se adentró en callejas más oscuras. No existía ni una sola alma alrededor. La noche estaba clara por la luz de la luna, sólo se escuchaban sus pasos en los adoquines, su respiración y el viento soplando.

Se detuvo al escuchar algo. Giró sobre sí misma y trató visualizar lo que sus agudos oídos percibían, sin tener éxito y, en el instante que se disponía a seguir su camino, un hombre delgado, de cabello negro, (largo, hasta la media espalda), y ojos color marrón estaba frente a ella. Alessandra dio un respingo hacia atrás mientras lo estudiaba con sus ojos.

-Te he seguido desde que llegaste. –Dijo en alemán, el vampiro, con una sonrisa.

-Lo sé. –Respondió Alessandra-. Te he sentido y he soñado contigo. He desarrollado mucho mis poderes de vampiro; ahora puedo leer la mente de los mortales e inmortales. Puedo saber lo que deseo a través de tus ojos sin que pronuncies una palabra.

-Ya veo, ¿Cuántos años...? –Intentó preguntar el joven, pero la mujer lo interrumpió diciendo-: "El tiempo es irrelevante para nosotros".

-Por lo que he investigado. –Inquirió de inmediato el muchacho-. Tú conoces a Lilith, tal vez puedas proporcionarme algunas respuestas que deseo.

«En ese instante, un murmullo disipó la atención de la vampiresa que tenía la vista fija en el joven.

-¿Qué clase de respuestas podría darte acerca de ella? –Indagó la bella cortesana de rostro cadavérico, tras su breve distracción-. ¿Qué ansías saber? Dime… ¿De qué forma podría ayudarte?

-¿En qué lugar se encuentra? –Preguntó de inmediato, el misterioso caballero.

-En realidad no he tenido noticias de Lilith hace décadas, después que la dejara una noche, para aventurarme a las distintas tierras en las que he vivido.

-Así que no sabes nada. –Pronunció el vampiro, con cierta

desazón-. Entiendo. Y, ¿Cuál es tu destino esta vez?

-Voy hacia donde el recuerdo de la fría tumba de mi madre, en Inglaterra, no me atormente. Voy a buscar la paz en las obras de arte.

«Después de meditar, quizá por un minuto, Alessandra volvió a poner sus ojos sobre el chico e inquirió:

-A todo esto, aún no me has dicho cuál es tu nombre.

-Dante, mi nombre es Dante.

-Es hora de que parta, -masculló en un murmullo, Alessandra-, ya casi es el alba.

«Alessandra se alejó de Dante, dejándolo en las sombrías calles de

Roma sin decirle ni una sola palabra más.

Los primeros días de enero de 1885, se enrumbó en un barco con dirección a España. Una tierra mágica y llena de vida en el siglo XIX. El navío atracó en el Puerto de Mallorca; donde un carruaje aguardaba a Alessandra para llevarla al hotel *CasPrebe*, el mismo que se encontraba a unos 25 kilómetros de la capital, Palma de Mallorca, en las faldas de la hermosa Sierra de Tramuntana en el pueblo de Alaró.

Se instaló en una de las cómodas habitaciones y, como ya era costumbre, salió a buscar nuevos lugares que podría visitar. Un vehículo la condujo hasta el castillo de Bellver; un castillo artístico de principios del siglo XIV, situado a unos tres kilómetros al suroeste de la ciudad de Palma de Mallorca, encima de un monte de 112 metros. Desde donde podía admirar la ciudad, su puerto principal, la Sierra de Tramuntana y el plano central de Mallorca; al que iba noche tras noche, cuando sus pies no la llevaban hasta el puerto para alimentarse de los marineros, pescadores y los extranjeros que migraban a ese país en busca de una nueva vida.

Su estadía fue muy corta en esta ciudad. Residió por un lapso de cuatro meses, sin mayores contratiempos. Un coche la transportó hasta otra ciudad igualmente hermosa. Barcelona. Esta hermosa región está ubicada a orillas del Mediterráneo, unos ciento veinte km., al sur de la cadena montañosa de los Pirineos y de la frontera con Francia.

Arribó hasta *Ciutat Vella*. La zona territorial de la Barcelona antigua. Aglutinada de gentíos de los barrios de *El Raval*, *Barrio Gótico*, *Antics Palaus* -formado por los barrios no-oficiales de *Sant Pere*, *Santa Caterina*, el *Born* y la *Ribera*-, y la Barceloneta; lugar, en el que se radicó por varios meses. Estaba fascinada con la arquitectura.

En medio de una noche etérea tachonada por las estrellas y la luz de la luna, llegó hasta la Iglesia de *Santa María del Mar*. Ingresó, y se dejó transportar por su misticismo y armonía en las medidas; cada pormenor la cautivó y la hechizó, motivo por el que muchas de sus víctimas morían ahí. Los palacios construidos por familias adineradas de la ciudad, estructurados alrededor de un patio como el *'Salón del Tinell'*, el *'Palacio del Lloctinent'* o el *'Palacio de la Generalidad de Cataluña'*, constituían, para ella, algo inigualable y extraordinario.

Otra de las grandes obras que vislumbró fue '*La Sagrada Familia*', una enorme estructura que, durante el cielo nocturno, se alzaba muy alto, como si pudiese tocarlo.

«En agosto del mismo año, Alessandra deambulaba pensativa hasta que dio con '*La Avenida del Paralelo*', que tenía gran concentración de teatros. Le llamó mucho la atención uno en particular: '*El Molino*', que aún conservaba el estilo del siglo XVIII, con sus grandes telones de terciopelo y sus amplias bancas forradas en cuero. Las representaciones tenían propuestas vanguardistas y eso la hipnotizaba.

Durante días, paseaba por las viejas calles, y en una de ellas se topó con el *Museo Picasso*; que recogía celosamente la colección de obras poco conocidas de este pintor, sobre todo de sus épocas iniciales. Admiraba una y otra vez las majestuosas creaciones, sin reparar en la gente que acudía al lugar. Sintió como si alguien la observara; así que decidió quitar la vista del fresco al que echaba un vistazo casi con devoción, volvió la mirada hacia atrás y se encontró con la contemplación de un hombre alto, de cabello negro y ojos cafés, muy joven. Quien se hallaba exánime, observándola menudamente; entonces, sin que sus zapatos hicieran ruido alguno, se aproximó a ella.

-Parece que tenemos un gusto en común. –Dijo, el joven, inmediatamente-. Llevas horas admirando este cuadro.

-Así es, siempre he sentido embeleso por el arte, –musitó Alessandra-.

-Por tu acento, -señaló en español el muchacho, con una pequeña sonrisa-, no eres de por aquí.

-No soy de ninguna parte. -Expresó la belleza inmortal-. He vivido en todas partes, así que no pertenezco ni aquí ni allá. He bebido la sangre de los pueblos más recónditos de Europa, pero hasta hoy no he logrado saciar mi sed de respuestas.

-¿Cuáles son las respuestas que anhelas? -Replicó el español-.

-Comprender la naturaleza vampírica. -Exclamó, Alessandra-, pero más que nada, la mortal. Eso es algo que hacía décadas he intentado entender.

«Al decir: "Hacía décadas he intentado entender"; brotaron de sus sombríos ojos, dos finas gotas de sangre, que manchaban su terso y albo rostro.

-No es complejo entender a los humanos; ellos, durante su vida, necesitan algo en qué creer, algo a qué aferrarse. –Explicó de inmediato, el muchacho-. Temen a la muerte y es por esa cognición es que existen la religión y ese *'Ser Todopoderoso'* al cual, llaman Dios. La maldad de los mortales, radica en sus ansias de poder y riqueza; en el placer de la carne, en la ambición y la avaricia. Los asesinatos y violaciones, el adulterio…; eso es lo que la iglesia 'castiga'. Como si esa iglesia pudiese absolverlos… (Risa).

-¿Crees en ese Dios? –inquirió la muchacha-.

-No, por supuesto que no. –Profirió el vampiro, de inmediato-. Aunque, tal vez, en mi infancia lo hice porque mis padres creían en su existencia… Muy bien, niña, te explicaré con un ejemplo, lo que te dije hace unos momentos.

«-En la Edad Media. En el siglo VIII, específicamente, esta tierra fue conquistada por Al-Hurr; que, después de ser arrebata en la invasión musulmana, volvió a ser territorio cristiano en manos de

Ludovico Pío, gobernante del Imperio Carolingio en 801, incorporándola a la 'Marca Hispánica'. Sin embargo, los ataques musulmanes no cesaban y, en 985, las tropas de Almanzor destruyeron prácticamente toda la ciudad.

Tras un momento de silencio, el vampiro continuó:

«-La naturaleza humana es fluctuante, tienen momentos de ira y momentos de felicidad, que perdura en ciertos períodos de sus existencias.

-¿Cuál es el significado de su felicidad con el paso del tiempo? –

Preguntó nuevamente Alessandra, con cierta desesperación en su voz-. ¿Cómo la encuentran?

-El tiempo pasa raudo cuando encuentran la felicidad, la misma que reside y permanece cerca de ellos en el momento que encuentran el amor de otra persona, o cuando un nuevo ser nace. El tiempo, para los humanos no perdona, los envejece y los mata. Ahí radica la ironía que al final nos consume.

«-Ten presente, -manifestó el vampiro, luego de voltear a mirar otra de las obras de Picasso, que escasos seres de nuestra especie sobreviven. Yo, por ejemplo, he existido durante casi quinientos años. Y mi razón antigua, casi no logra comprender todos los cambios que se han suscitado desde el día en que me transformé en inmortal.

-El tiempo ha sido un verdadero suplicio para mí. –Alegó Alessandra-. He visto morir a miles de individuos; los he contemplado fallecer por las pestes, por enfermedades incurables, cólera... En realidad, no comprendo cómo pueden vivir con esas cosas en su rededor.

-Por fortuna, no padecemos de esos terribles sufrimientos. –Musitó nuevamente, el joven-. Ninguno de esos males de la humanidad nos puede hacer mal alguno.

-En eso tienes toda la razón... Hay algo que todavía no me has dicho. –Inquirió serenamente, Alessandra-.

-Y, ¿qué es eso que no te he dicho? -Preguntó el ser inmortal-.

-Tu nombre. -Contestó de inmediato ella-.

-¡Oh, sí! Tienes toda la razón. Me llamo Francisco. –Dijo, haciendo una pequeña reverencia-. Es un placer... Bien, ¿Cuál es tu nombre, bella dama?

-Soy Alessandra. –Espetó, con su dulce sonrisa-. Encantada.

Cuando salieron de la galería, la ciudad estaba desierta, no había ni una sola alma en las calles. Paso a paso, llegaron hasta la residencia de Alessandra; Francisco le dio la espalda y se alejó, entre las luces de las lámparas, sin decir nada.

«Tres noches después, la joven se embarcó hasta Madrid, sabiendo que su alma había encontrado alivio a sus cuestionamientos sobre los mortales y sobre sí misma.

Madrid era una metrópoli llena de vida y agolpada de gente que visitaba los teatros, museos y óperas.

La vida que irradiaba era sorprendente. La noche parecía un día lleno de gente que transitaba de un lado a otro, sin que las personas tengan la más mínima idea de lo que ocurría: *'Vampiros caminando en entre ellos como si fueran otras personas más en la ciudad'*.

-Qué despistada es la gente, -se dijo a sí misma, Alessandra-. Hasta los animales sienten el peligro a metros de distancia. Los humanos perdieron rápidamente los instintos, la vida de cada uno de ellos puede ser tomada en cuestión de instantes.

-¿Qué pienso? -Se dijo nuevamente-. Los humanos solo se preocupan por sus propias vidas, lloran por su conveniencia y se alagan ellos mismos por sus logros... No hay manera de que nos preocupemos por si hay uno más o uno menos, la vida es tan frágil que se inquietan sólo por saber si pueden alargar su existencia. Su respeto es nulo por la vida que destruyen. Es todo lo que pueden hacer para dar satisfacción a sus placeres.

Un pensamiento asaltó su mente de pronto: 'La vida es una pequeña bola que da vueltas y vueltas y no sabes cómo pararla, y esa es su cualidad más hermosa. Nosotros, los dotados de inmortalidad, giramos al igual que ellas, permanentemente y eternamente'.

Alessandra pasó, un lapso, de tiempo observando el modo de vida de los madrileños; mientras se alimentaba de distintas víctimas, a las cuales elegía después de un estudio. Los años de experiencia le enseñaron que para, subsistir, se tenía que ser cuidadosa y hasta selectivamente; pero, esa misma, experiencia le había pulido el instinto de supervivencia en tiempos de hambruna.

Capítulo 7

Un Siglo Diferente

*E*n definitiva, después de haber dormido y caminado por varios meses y años en las transitadas avenidas de la capital española, Alessandra decide abandonar el *Viejo Continente* y explorar un 'mundo' nuevo, en un siglo diferente.

A finales de noviembre de 1895, tomó un barco con rumbo a México. Una tierra desconocida y deslumbrante, de la cual había escuchado hablar a los migrantes venidos de aquel país. Sin pensarlo dos veces, se embarcó en su nueva aventura a buscar y satisfacer, no solamente sus ansias de beber sangre, sino también las ansias de respuestas a sus interrogantes.

Atravesó la mar durante 4 meses, acompañada por la luz de la luna y el incesante frío de la estación climática y bajo el cobijo de las estrellas que la abrazaban. Arribó a *Puerto de Veracruz*; aquí le esperaba un carruaje para llevarla a la estación del tren, con rumbo a la Ciudad de México.

Una vez que las primeras luces nocturnas aparecieron, Alessandra caminó por varias calles de la ciudad. Admirando cada detalle que la componían. En un momento se encontraba frente a la Catedral Metropolitana y sus incontables museos.

Cerca de ese lugar, se encontró con el parque de *la Alameda*; que data del siglo XVI, adornada por fuentes decoradas de detalles de estilo barroco. A unos cuantos pasos se localizan importantes hoteles, librerías, restaurantes y bares, además del *museo Franz Mayer*, la *Pinacoteca Virreinal* y el *Palacio de Bellas Artes*. Los cuales visitó sin imaginarse las maravillas que se disponía a conocer.

Observaba a su alrededor y sus ojos se topaban con una gran cantidad de gente que se agolpaba, sobre todo, en las *cantinas* para embriagarse. Uno de los sitios que mayormente le llamó la atención, fue el *Palacio de Bellas Artes*; dentro del mismo, existían obras estupendas y maravillosas y, en un momento sorpresivo, observó la figura de una doncella alta y muy hermosa. Tal fue su estupor, que la mujer se dio cuenta y giró a mirarla.

Era una dama delgada, de caderas prominentes y magníficos pechos; tenía una nariz muy fina, unos ojos color caté -muy grandes, que reflejaban dolor . Sus labios eran de color carmesí y entre ellos formaban su boca, con una sensualidad única... Algo muy característico en ella eran dos puntos dibujados debajo de su ceja izquierda y un collar que abrazaba su pálido cuello, el cual contenía un pendiente, una gema negra.

-He oído hablar de ti, -dijo en inglés la cortesana, acercándose a Alessandra-. Eres la joven de quién todos hablan.

-¿A qué te refieres con eso? — Respondió, Alessandra, de inmediato y con una expresión de asombro.

-Alessandra, ese es tu nombre; puedo leer tu mente y saber lo que piensas y deseas. Además... Sé de qué lugar vienes. He charlado con Raven y Edward, ellos están aquí.

«Tras una pequeña pausa la joven continuó: -Ven, acompáñame-. Alessandra la siguió y caminaron por varias callejuelas hasta llegar a la *Catedral Metropolitana*, (esta monumental estructura sobresale en el *Zócalo de la Ciudad de México*). *'La Catedral'*, según le explicaba la mística mujer, era —y es- una mezcla de formas artísticas barrocas con una fachada neoclásica, cinco naves separadas y hermosas capillas.

Durante las ceremonias religiosas, puede escucharse el impresionante y maravilloso órgano con que cuenta. Justamente, aquel gran órgano, era lo que ella admiraba cada noche cuando ingresaba a ese sitio. Era el instrumento que más amaba en el mundo.

Los minutos pasaron muy despacio, como si se prorrogaran una eternidad y, en ese

Instante, volvió a dirigirse a Alessandra.

-Me llamo Julia, -volvió a decir en inglés-, nací en Rumania hace 150 años. Tenía

tan sólo diecisiete años, cuando Lilith me convirtió en vampiresa.

«La fascinación por las palabras de Julia se hizo presente en el rostro casi inmutable de Alessandra, quién tartamudeando respondió: -Yo también fui víctima de ella.

«Se conocieron y charlaron por horas. Hablaron sobre arte, música y de cómo, cada una, conoció a Lilith. Después de aquel encuentro, convivieron por años. Alimentándose de quienes caían rendidos a sus pies; hombres y mujeres fueron víctimas de estas dos bellezas inmortales.

Después de algunos años de pernoctar juntas, jamás se volvieron a ver. Alessandra — como en años anteriores-, caminó por varias calles, alimentándose de los que cruzaron su camino.

Le fascinaba aquella antigua arquitectura colonial de la que tantas veces había escuchado hablar y, de igual forma, había leído acerca de sus mitos y leyendas. Una de ellas es la *'Leyenda de la Llorona'*, por la cual se interesó muchísimo.

Según cuenta la historia, *Cihuacóatl* (también *Chihucóatl o Ciucóatl*), Divinidad azteca mitad serpiente mitad mujer. Fue la primera mujer en dar a luz, considerada por ello protectora de los partos y, en especial, de las mujeres muertas al dar a luz. Ayudó a *Quetzalcóatl* a construir la presente era de la humanidad, moliendo huesos de las eras previas y mezclándolos con sangre. Es madre de *Mixcóatl*, al que abandonó en una encrucijada de caminos. La tradición dice que regresa frecuentemente para llorar por su hijo perdido, pero en el lugar sólo se halla un cuchillo de sacrificios. Regía sobre el *Cihuateteo*[1], las mujeres nobles que habían muerto en el parto.

«En la leyenda, esta divinidad surge en forma fantasmal para advertir sobre la destrucción del imperio de *Moctezuma*, tomando después como nombre popular el de '*La Llorona*'.

El *Imperio Mexica* dominó durante siglos el área de México. Según el mito, los fundadores del mismo, partieron guiados por una profecía que afirmaba que los dioses les enseñarían dónde debían asentarse mediante una señal: *un águila devorando una serpiente*, de pie sobre un nopal en medio de un lago. Cuando llegaron a donde actualmente está la Ciudad de México, Distrito Federal, (hoy CDMX), vieron el signo en medio de una amplia laguna. Sobre sus aguas erigieron la vasta ciudad de *Tenochtitlán*.

Con los años, los españoles llegaron a tierras mexicanas. Comandados por Hernán Cortés, tomaron la ciudad de Tenochtitlán, la redujeron a ruinas y asesinaron a los emperadores *Moctezuma* y *Cuauhtémoc*.

Los conquistadores españoles fundaron, sobre la desolación, la actual Ciudad de México.

[1] Cihuateteo *"mujeres divinas"*. Estas valientes mujeres o *mocihuaquetzque*, eran divinizadas y adoradas con amplias facetas de índole mágica; de tal manera que partes de su cuerpo -se consideraba sobrenatural- eran preciados objetos para los guerreros y magos que veían en ellos instrumentos mágicos.

En el México colonial, cada noche las campanas de la Iglesia marcaban el toque de queda sobre las once de la noche. Pasada esa hora, comenzaban a oírse llantos y gritos angustiosos, emitidos por una mujer sobrenatural que recorría de madrugada la colonia

218

española y desaparecía misteriosamente antes del alba.

Después de que el suceso se repitiera por varias noches, los vecinos comenzaron a preguntarse quién sería esa mujer y qué pena la ahogaba. Asomándose a las ventanas, o saliendo bravamente a su encuentro, distinguieron a una mujer vestida de blanco; oculta tras un velo, flaca y pálida, que se arrodillaba mirando a oriente en la *Plaza Mayor*. Al ver que la seguían, se desvaneció entre la bruma junto al *Lago de Texcoco*. Se formularon diversas teorías sobre la fantasmagórica desconocida, a la que el pueblo, por su perpetua aflicción, comenzó a llamar la *Llorona*. Se decía que era una mujer indígena, enamorada de un caballero español o criollo, con quien tuvo tres niños. Sin embargo, él no formalizó su relación: Se limitaba a visitarla y evitaba casarse con ella.

Tiempo después, el hombre se casó con una mujer española, pues tal enlace le resultaba más conveniente. Al enterarse, la *Llorona*, enloqueció de dolor y ahogó a sus tres hijos en el río.

Después, al ver lo que había hecho, se suicidó. Desde entonces, su fantasma pena y se la oye gritar: *'¡Ay, mis hijos!'* (O bien, emitir un gemido mudo). Suele hallársela en el río, recorriendo en el lugar donde murieron sus hijos y ella se quitó la vida. Algunos ponen la leyenda en relación con la creencia totonaca en las *Cihuateteo*, mujeres muertas en el parto, a las que se consideraba diosas.

«Pasaron cinco años, los cuales recorrió la ciudad, (de extremo a extremo), y visitando cada lugar del que había obtenido información. Después de varios años de no haber tenido noticias de Raven, Hacmoni, Francisco o François. Alessandra se reencontró con ellos cuando se disponían a embarcarse rumbo a Ecuador —específicamente a Cuenca-, para saldar algunas cuentas pendientes con quién los había llamado.

Capítulo 8

El Nuevo Hogar

*P*artieron los primeros días de junio de 1900, en un barco que los llevaría hacia el *Puerto de Guayaquil*.

Las noches se hicieron meses, cada uno se recluyó en sus camarotes dentro de los ataúdes.

Al llegar a *Guayaquil*, se sorprendieron de la belleza arquitectónica de la ciudad y, más tarde, del país que los acababa de acoger. Se dirigieron en carruajes, en lo que hoy se conoce como hotel *Hilton Colón*.

La siguiente alba cayó, y los vampiros partieron hacia su destino -Cuenca-, sin imaginarse la gran sorpresa que les esperaba en esa ciudad. El viaje duró tres noches.

Arribaron el 10 de julio. Alessandra, en particular, se maravilló con las bellezas que tenía esta ciudad.

-Mira esto, -dijo, dirigiéndose a Raven-, ¡Es hermoso y sorprendente!

-Lo sé. —respondió él, igualmente sorprendido-. ¡No lo puedo creer!

«Su *Centro Histórico* estaba constituido por una ciudad de aires coloniales, la mayoría de sus atractivas construcciones procedían del siglo XIX. Sin embargo, había también algunas edificaciones del siglo XVIII; sobre todo, los dos conventos de clausura, el de *'El Carmen'* y el de la *'Inmaculada Concepción'*, parte de la *'Antigua Catedral'*, (por la cual acababan de pasar), alrededor existían unas pocas casas particulares.

Después de algunos días, adquirieron una gran casa; en lo que hoy se conocen como las calles

Sucre y *Padre Aguirre*. Una edificación colonial de la urbe. En su nuevo hogar los inmortales se deleitaron con las maravillas que éste les ofrecía. Uno de los atractivos eran las hermosas artesanías que encontraron dentro de la metrópoli, fue blusas bordadas, suéteres de lana, joyería de filigrana bañada en oro y plata y tejidos *'Ikat'*.

«En el siglo XIX, debido al intercambio de comercio marítimo, aparece la *'Macana'*, una fina prenda elaborada mediante la técnica de teñido del *Ikat*, (proveniente de Asia y considerada una de las más complejas del mundo); que, en su proceso de adaptación, adquiere simbolismos particulares de la cultura *Cuencana* y que, hasta la actualidad, forma parte de la indumentaria típica de personajes locales como la *'Chola Cuencana'*. La técnica del *Ikat* es un conocimiento transmitido de generación en generación, que guarda la identidad y cultura de las comunidades y artesanos productores.

Su elaboración, consta de un complejo sistema que empieza desde el *Urdido*, la selección de hilos de la urdimbre, el amarrado, teñido, desamarrado, tejido y finalmente la confección del fleco. En los primeros años de la república, la *'Macana'* se utilizaba para ir a misa dominical, fiestas religiosas y asistir a reuniones sociales y mientras más compleja era, más estatus de quién la portaba representaba.

«Al caminar por aquellas hermosas calles empedradas, igualmente, observaron artículos de cerámica y artesanías. Una de las cosas que más les sorprendió fue sombreros de paja toquilla.

Una vez llegado el crepúsculo, Alessandra se dirigió calles abajo del lugar en el que residían. Sin darse cuenta, volvió al sitio por el que, ella y los otros vampiros, habían pasado días antes -la *Iglesia de El Sagrario*' o llamada actualmente, *'Antigua Catedral'*.

Según había leído en varios libros de historia del Ecuador, era una de las más antiguas de Latinoamérica (1557). Las piedras incas del *Palacio de Pumapungo* también fueron usadas en su construcción. Tenía pisos de mármol y un altar de pan de oro en su interior. Este lugar fue utilizado por la *Misión Geodésica*, en 1736, como referencia para calcular la circunferencia de la Tierra.

Luego de un par horas de estar meditando mientras observaba cada cuadro, vitral y escultura que se le presentaba con cada paso lento que daba, salió de aquel sitio se dirigió —divagando en las sombras- hasta la *Catedral de la Inmaculada Concepción,* la *'Nueva Catedral'.*

Los días anteriores paseó por el *Centro Histórico;* conociendo, a su alrededor, a muchas personas que le resultaron interesantes. Uno de ellos, de nombre Julián Moscoso, (un noble cuencano de la época), le comentó que la construcción de esta catedral comenzó en el año de 1885.

«-La catedral está hecha de alabastro y mármol. -Profirió a Alessandra, con su marcado acento-. Sus pisos están cubiertos de mármol rosa importado desde Carrara, Italia. El estilo Romántico, así como el Barroco están presentes en su arquitectura.

«La damisela inmortal lo miraba atónita y muy sobrecogida por lo que sus vampíricos oídos acababan de escuchar. El joven no tendría más de veintidós o veintitrés años; le parecía hermoso, como ella recordaba a su madre.

«-La *Iglesia y Monasterio de El Carmen de Asunción*. —Espetó nuevamente el muchacho-. Ambos han sido preservados en excelentes condiciones originales desde el siglo XVII.

Una colección relevante de piezas de arte religiosas se puede admirar aquí. También tenemos la *Iglesia de 'Todos los Santos'*. Esta es una de las iglesias más antiguas de Cuenca. Fue aquí donde se celebró la primera misa católica después de la llegada de los españoles. La estatua de *Santa Ana*, santa patrona de la ciudad, se encuentra aquí.

«La bella vampiresa no salía de su asombro, no podía articular palabra alguna. Su mirada se perdía en el movimiento —sutil y humano- de aquel hombre que la acompañaba en esos momentos.

Él, al ver el interés que tenía la pálida y bella mujer que se hallaba a su lado, continuó: -En la iglesia y *'Monasterio de las Conceptas'*, la entrada posee piedras sepulcrales que datan del siglo XVII. El monasterio fue construido en el siglo XVI y se ha convertido en un museo de arte religioso. Además, tenemos la *'Casa de la Temperancia'*. Es un edificio construido en 1876. Esta edificación funciona como hogar de reclusión para enfermos y alcohólicos, si te diriges a aquella zona podrás comprobarlo por ti misma.

«Alessandra lo interrumpió por un momento y le preguntó, cómo es que sabía tanto, a lo que él le respondió que le encantaba la historia de las ciudades fundadas por los españoles, y que ahora eran libres.

-La *Plaza Vargas*, que es en la que nos encontramos, -prosiguió con destreza-, se construyó en los primeros años de la ciudad española. A su alrededor, tiene edificios y casas coloniales, como puedes observar. También tenemos la *Plaza del Carmen*, la cual se halla ubicada junto a la catedral y frente al templo de *El Carmen*. Esta plaza es adornada por la fachada del templo que está hecha de piedra labrada.

«El embeleso de Alessandra, producido por cada lugar que el joven Moscoso describía en su relato, era algo parecido a beber sangre.

El muchacho de ojos grandes color caté y cabello muy negro, continuó con la narración de su encantadora ciudad, mientras ya se encontraban caminando rumbo a otro de los parques.

-Éste es el parque de *'San Blas'*, - dijo súbitamente-, está frente a frente con la iglesia del mismo nombre como puedes ver. Hacia la izquierda, a unas cuantas calles más encontrarás la *'Plazoleta El Rollo'*; está ubicada al norte de la ciudad, en el barrio llamado *'El Vecino'*, uno de los más antiguos de la ciudad. El atractivo principal de este parque es la *'Picota'*, elaborada en 1787, en donde colgaban públicamente a los ajusticiados. Si volvemos al centro de la ciudad, admirarás el parque de *'San Sebastián'*, es un parque que escolta al edificio de la *'Casa de la Temperancia'*. A su alrededor también se puede encontrar la iglesia de *'San Sebastián'* y la casa *'Larrazábal'*.

«Después de aquella noche tan exquisita que pasó con Julián, lo volvió a ver cada atardecer durante meses.

Varios meses después de su arribo a Cuenca, uno a uno, los vampiros se congregaron en la *Cementerio General*. Lugar en el que habían sentido la presencia de un ser antiquísimo. Mientras todos ellos esperaban cerca de las antiguas criptas, (adornadas por un fino mármol cincelado, dándole distintas formas). De súbito se escuchó una voz, que parecía más un susurro entre las sombras de aquella noche helada...

-Hijos míos, -dijo aquella espectral, pero hermosa voz-, he llegado-.

Continuará…

Made in the USA
Middletown, DE
12 February 2022